Tirya
Le complot du Nil

ALAIN SURGET

TIRYA

Le complot du Nil

Castor Poche Flammarion

LE MONDE ANTIQUE AU TEMPS DE TIRYA

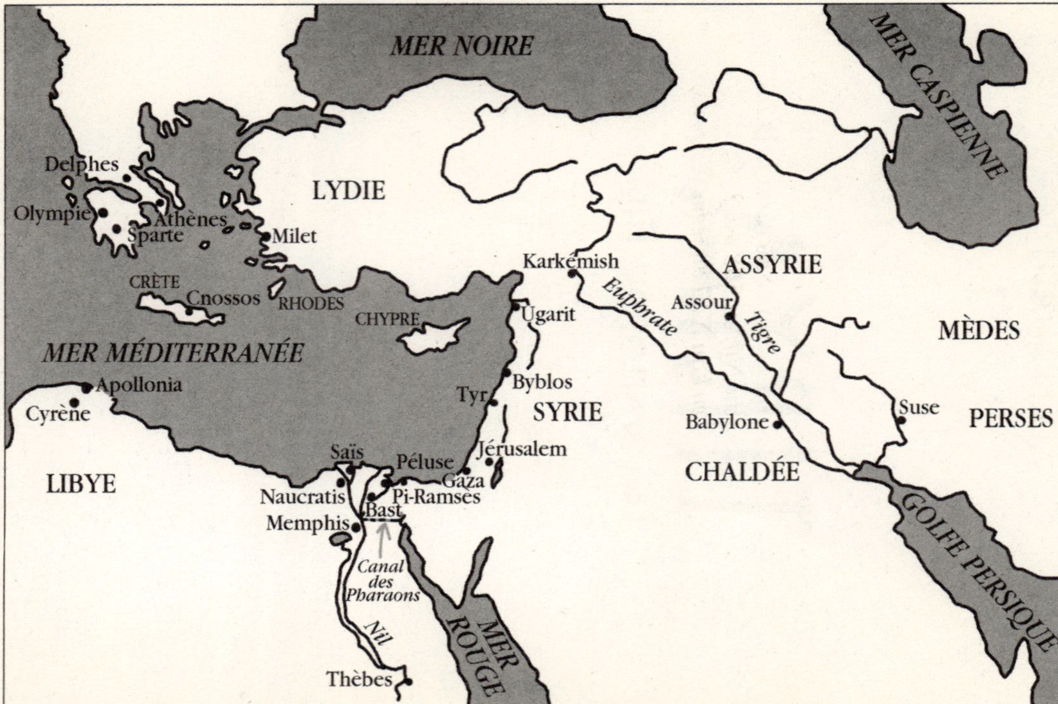

La ville de Saïs dans le Delta
du Nil, en 568 av. J.-C.,
en l'an XXI du règne d'Apriès.

I

LA FILLE DE L'EAU

Tirya bloqua sa respiration, mais elle savait qu'elle ne pourrait tenir longtemps sous l'eau. Quelques nénuphars flottaient au-dessus d'elle, la cachant aux yeux de celles qui attendaient qu'elle émerge. Une main effleura la surface, écarta un nénuphar qui se déplaça paresseusement. Tirya entrevit des têtes penchées ; le son de paroles lui parvint, déformé, assourdi par l'épaisseur de l'eau. D'un mouvement des bras, la jeune fille se laissa couler au fond. Là, elle essaya de nager plus loin, de se perdre sous un rideau plus dense de nénuphars et de lotus. Sa tête bourdonnait, martelée par le sang qui battait dans ses tempes. Sa poitrine la brûlait, prête à éclater. N'y tenant plus, Tirya expira un long filet de bulles, vidant ses poumons. Elle se plaça sous un grand nénuphar, remonta d'un coup de talon. Elle arriva sous la plante, pencha la tête en arrière pour n'offrir que sa bouche hors de l'eau, et but l'air à longs traits. Mais la petite Sehouna remarqua la bosse que faisait le visage sous la feuille. Elle s'exclama :

— Hé ! Elle est là ! Cachée sous le nénuphar à la fleur rose !

Se sachant découverte, Tirya repoussa le nénuphar et sortit sa tête de l'eau.

— Ce n'est pas bien de tricher ! lança Sehouna.

Tirya lui tira la langue et s'approcha du bord. Une vingtaine de jeunes filles et de jeunes femmes étaient alanguies autour du bassin, accompagnées par quelques fillettes : leurs sœurs ou de jeunes servantes. À l'ombre des saules, des tamaris, des acacias et des grands hibiscus, elles profitaient de la fraîcheur du jardin. La gamine se planta sur la margelle et répéta :

— Ce n'est pas bien de tr... !

D'un geste, Tirya éclaboussa Sehouna qui avala le dernier mot de sa phrase. Puis la jeune fille se hissa hors de l'eau et vint déposer un baiser sur le front de la fillette.

— Cesse de crier comme une guenon ! lui dit-elle. En tout cas, je ne suis pas près de te révéler un secret.

— Un secret ? Quel secret ? interrogea Sehouna, l'œil pétillant de malice.

— Je ne te confierai jamais rien puisque tu ne sais pas tenir ta langue.

— Tu ne sais pas mieux retenir ta respiration, intervint Tahoser, la fille de Pharaon, qui se faisait masser, allongée sur le ventre.

— De vous toutes, c'est moi qui suis restée sous l'eau le plus longtemps, se défendit Tirya. J'ai gagné le lotus jaune.

— Tu n'as rien gagné du tout ! jeta une grande maigre du nom de Ninétis. Nous n'avons pas triché, nous !

Tirya ignora l'objection. Elle se dirigea vers un petit bassin planté de lotus, cueillit une fleur, revint vers ses compagnes. Ninétis se leva, se dressa devant

Tirya, droite, raide, outrée. Tirya lui décocha un clin d'œil et, par défi, piqua le lotus jaune dans ses cheveux. L'autre bégaya d'indignation.

— Qui... qui te donne le droit de... ?

Elle étouffait de colère. Tirya sentit que Ninétis allait lui arracher le trophée, peut-être même la gifler. Elle réagit la première, la poussa en arrière. Ninétis perdit l'équilibre, ouvrit des yeux ronds, battit des bras pour essayer de se retenir à quelque chose ou à quelqu'un, et bascula dans le bassin.

— L'eau te fera du bien, conclut Tirya, tu me sembles un peu trop excitée.

Sehouna éclata de rire, mais Tahoser prit un ton courroucé en s'adressant à Tirya.

— Je te trouve bien impertinente du haut de tes quinze ans. Ninétis est ma demi-sœur cadette, ne l'oublie jamais !

— Voilà pourquoi elle n'a qu'une demi-cervelle, rétorqua Tirya.

Tahoser ne répliqua pas. Tirya était une tête de mule, et il était bien rare d'avoir le dernier mot avec elle. Tahoser préféra s'en prendre à la servante qui lui massait le dos avec une huile à base d'amandes amères et de miel.

— Tu me fais mal, grogna-t-elle. Je t'ai demandé de m'assouplir la peau, pas de tanner du cuir.

Ninétis sortit du bassin, furieuse. Avec son vêtement collé à la peau, elle avait l'air d'une momie. Elle se rua sur Tirya, toutes griffes dehors. Celle-ci évita le coup, lui attrapa le poignet et le tordit. Ninétis grimaça de douleur. Sa rage était telle qu'elle respirait par à-coups, bredouillant des menaces. Tirya accentua sa pression, obligeant Ninétis à poser un genou au sol. Les autres filles suivaient la scène en s'échangeant des remarques. La petite Sehouna sautillait autour des deux adversaires en tapant dans ses mains.

— Paix vous deux ! lança enfin Tahoser. Je suis venue dans le jardin pour me reposer, pas pour supporter vos éternelles querelles.

Tirya relâcha son étreinte. Ninétis se releva, jeta un regard haineux à la jeune fille et rejoignit Tahoser en se frottant le poignet.

— Je ne comprends pas pourquoi tu la tolères parmi nous, dit-elle à sa demi-sœur. Tu devrais l'envoyer à Naucratis, chez ces Grecs que son père, le général Amasis, apprécie tant.

— Les mercenaires grecs font partie de l'armée de Pharaon Apriès, rappela Tirya. Sans leur soutien, sans mon père pour les commander, Nabuchodonosor, le roi de Babylone, n'aurait déjà fait qu'une bouchée de ta dynastie !

Tahoser contint sa réaction. Elle congédia sa masseuse d'un geste agacé.

— Ces Grecs puent l'olive, répondit-elle sur un ton faussement détaché. Ce sont des brutes sans raffinement. Mon père ne les gardera plus longtemps. D'ailleurs il a commencé à réduire la part des richesses qui leur sont destinées. Les Hommes de Bronze[1] ne vont pas tarder à aller proposer leurs services à d'autres : les mercenaires n'ont pas d'âme. Ne t'en fais pas, poursuivit Tahoser avec un sourire effronté, ton père retrouvera bien un commandement. On manque d'officiers en Haute-Nubie.

1. Nom donné aux mercenaires grecs.

Tirya secoua la tête et souffla : « Psss... » Apriès était-il devenu aveugle au point de se priver de l'appui des Hommes de Bronze ? Ou n'étaient-ce que des absurdités imaginées par Tahoser pour rabaisser Tirya devant ses compagnes ? Dans le silence qui s'ensuivit, Tirya prit le temps de les observer une à une : certaines étaient assises sur la margelle et laissaient pendre leurs jambes dans le bassin, d'autres se faisaient coiffer par leurs servantes, d'autres encore taquinaient du pied quelque grenouille installée sur des nénuphars. Tirya sentait que Tahoser l'épiait du coin de l'œil. Ninétis s'était allongée sur le ventre et recevait les soins de la masseuse. Quant à Sehouna, fatiguée d'entendre pépier ses aînées, elle était allée s'amuser avec une mangouste. À elles deux, elles poursuivaient une oie qui cacardait d'indignation. Tirya soupira. Il faisait bon se prélasser dans le jardin au milieu des fleurs et à l'ombre des arbustes. Les parfums se mêlaient et diffusaient dans l'air une senteur à la fois suave et capiteuse.

Mais ce temps d'insouciance allait-il durer ? Le général Amasis avait déjà évoqué devant sa fille Tirya les dangers qui menaçaient l'Égypte : les Kouchites[2] au sud, les Assyriens et les Babyloniens à l'est, les Libyens à l'ouest, sans compter les pillards des sables qui attaquaient les caravanes dans le désert. Fort des succès de ses prédécesseurs, Apriès s'endormait sur son trône. Nabuchodonosor allait-il surgir par le Sinaï et ravager le pays ainsi que l'avait fait

2. Le pays de Kouch commence en Haute-Nubie, au-delà de la deuxième cataracte.

Assourbanipal[3] un siècle auparavant ? On racontait encore dans les tavernes et autour des feux de camp la violence de l'attaque assyrienne, le massacre des fuyards et le pillage de Thèbes. La mémoire égyptienne n'était pas près de les oublier. Et Tahoser qui parlait de renvoyer les mercenaires ! Tirya secoua instinctivement la tête. Si Pharaon partageait les idées de sa fille, il n'était pas loin de sa fin.

Ninétis dut capter les pensées de Tirya car elle réattaqua soudain.

— Si ton père veut garder ses mercenaires, ce sera à lui de pourvoir à leurs besoins. Mais où irait-il chercher l'or ? acheva-t-elle avec un ricanement.

Tirya décida de quitter le jardin. Elle passa près de Ninétis et, pour toute réponse, elle lui pinça les fesses.

3. Roi d'Assyrie.

2

L'OR DE L'ÉTERNITÉ

Ta-set-neferu[1] reposait dans un silence minéral. Le rebord rocheux où était lovée la nécropole dominait la plaine occidentale de Thèbes. Le rouge des falaises enflammées par les rayons de Râ contrastait avec le parterre vert des champs et le bleu turquoise du Nil.

Djet et Nekab peinaient. Ils avaient emprunté l'ancien sentier qui reliait Ta-set-Maât[2] à la vallée. Le village était en ruine depuis longtemps car plus aucun Pharaon ne faisait creuser sa demeure d'éternité à Ta-sekhet-âat, la Grande Vallée des Rois. Le sentier enjambait de petites collines, puis longeait en corniche le flanc de la montagne.

— Quand je pense qu'il nous faudra revenir par le même chemin..., se plaignit Djet. Et chargés en plus !

— Sentir le poids du trésor sur mon dos me donnera plutôt des ailes ! déclara son complice.

Ils rirent. D'un gros rire, bruyant et prolongé, qui

1. La Vallée des Reines. Littéralement « le lieu des enfants du roi ».

2. « Le Siège de l'Ordre » — ou « La Place de Vérité » : le village des artisans, aujourd'hui Deir el-Medineh.

résonna comme une offense à l'approche du lieu sacré.

— Nous arrivons enfin, soupira Djet, j'aperçois la grotte-cascade.

Ils descendirent vers la vallée, qui se présentait comme une profonde entaille dans la montagne, passèrent la gorge d'accès. Des prières destinées à Osiris et à Anubis étaient gravées sur les rochers. Djet s'arrêta, saisi d'un trouble. Nekab le poussa dans le dos pour le forcer à avancer.

— J'ai une étrange impression, avoua Djet. Comme si la montagne avait des yeux et les gardait braqués sur nous.

— Allons donc ! Il n'y a ici que des morts, et leurs yeux sont fermés à tout jamais.

— Meretseger, la déesse Cobra, veille sur les tombes, rappela Djet.

Il fit quelques pas mal assurés, s'arrêta à nouveau pour jeter un regard inquiet autour d'eux.

— Écoute, reprit-il, j'ai entendu une pierre rouler.

Ils tendirent l'oreille.

— Ah, tu nous fais perdre notre temps ! grogna Nekab sur un ton irrité. Pense à l'or de Néfertari ! Ça devrait t'enlever tes angoisses.

Sacs sur l'épaule, ils s'engagèrent dans la vallée, la remontèrent en direction de la grotte-cascade, puis dépassèrent plusieurs tombeaux, jusqu'à un amas de roches qui fermait l'entrée d'une autre sépulture.

— C'est ici, dit Nekab en consultant un papyrus. Entre les tombes de Méryt-Amon et de Thouyi.

— Il vaudrait mieux ne pas se tromper. Le chef nous couperait le nez si on violait un tombeau vide.

Ils déposèrent leurs sacs, prirent leurs pics et se mirent à dégager l'entrée. Quand ils purent se glisser par l'ouverture, ils découvrirent une série de marches qui s'enfonçaient dans le sol. Nekab alluma une torche. Ils suivirent l'escalier, débouchèrent dans une antichambre. La lumière de la flamme dévoila des murs recouverts de hiéroglyphes et de peintures représentant Néfertari — la Grande Épouse de Ramsès II — en présence des dieux Osiris et Anubis. Le plafond, entièrement bleu, était piqueté d'étoiles d'or symbolisant la voûte céleste. Nekab tendit sa torche vers la gauche, éclaira une console en pierre supportant des objets funéraires. Puis il balaya l'espace sur sa droite.

— Par là, commanda-t-il en désignant un vestibule qui émergeait de l'obscurité.

Ils franchirent le vestibule sous l'œil sévère de deux grandes divinités solaires — Khêpri et Râ —, et pénétrèrent dans une pièce contenant des coffres. Les deux hommes les forcèrent, mais leur déconvenue fut grande en n'y trouvant que des vêtements et des pots remplis de miel. Ils retournèrent dans l'antichambre, longèrent un couloir descendant qui semblait s'enfoncer dans l'au-delà. Les parois étaient ornées de scènes hautes en couleur. De chaque côté de la rampe, des déesses protectrices recevaient des offrandes de la part de Néfertari vêtue d'une robe plissée blanche. Les voleurs reconnurent Selkis coiffée de son scorpion, puis Isis, Nephthys, Neith, Hathor, et Maât, qui déployait ses ailes. De part et d'autre au bas de l'escalier, Anubis le chacal, gardien de la première porte, accueillait la reine dans le royaume des morts.

— Les dieux sont partout, chuchota Djet. Ils ne nous pardonneront pas d'avoir violé ce tombeau.

Nekab jugea préférable de ne pas lui répondre. Lui-même commençait à ressentir un malaise, une sorte de vertige qui le faisait tituber et rendait ses mouvements malhabiles. « C'est à cause du silence, se répétait-il, et de l'air emprisonné ici depuis tant de siècles. » Il ne comprenait rien aux hiéroglyphes qui entouraient les dessins, mais se doutait qu'ils étaient tirés du Livre des Morts[3]. Que racontaient-ils ? Invoquaient-ils quelque malédiction à l'encontre de ceux qui s'aventuraient dans le tombeau ? Il s'obligea à penser au trésor. Ramsès le Grand n'avait pu inhumer son épouse bien aimée sans la parer de ses bijoux, sans la doter de couronnes d'or, de pierreries, de toute une vaisselle précieuse afin qu'elle pût revivre dans le Champ d'Ialou[4].

La lumière de la torche révéla un couloir perpendiculaire à l'escalier, avec une pièce à chaque extrémité. Une grande salle s'ouvrait face aux deux hommes, soutenue par quatre piliers : la chambre du sarcophage ! Djet hésita : fallait-il courir à droite, à gauche, devant ? Nekab promena la flamme autour de lui.

— Il y a l'entrée d'une autre chambre derrière le caveau, fit remarquer Djet, la voix tremblant d'émotion. Par où commencer ?

— Jetons un œil partout. Nous emporterons d'abord les objets de grande valeur.

3. Texte contenant les prières que devait réciter le mort devant le tribunal d'Osiris.

4. Le pays de l'Éternité, dans le royaume d'Osiris.

Ils descendirent les quatre marches qui conduisaient à la chambre sépulcrale. Le sarcophage en porphyre[5] poli en occupait le centre.

— Nous nous occuperons de la momie plus tard, dit Nekab comme son compère sortait déjà un levier de son sac pour soulever le couvercle du sarcophage.

Ils s'apprêtaient à entrer dans la pièce attenante au caveau quand Djet saisit brusquement le bras de Nekab.

— Tu as entendu ? demanda-t-il.

L'autre le regarda, surpris.

— Quoi donc ?

— Un bruit étrange. Une sorte de glissement, de léger sifflement.

Nekab écouta, puis haussa les épaules.

— Tu as rêvé.

Djet décida de se rendre compte par lui-même. Il alluma une seconde torche et fit le tour de la chambre. Sous le jeu de la flamme, les peintures s'animèrent, et l'homme tressaillit en constatant que les yeux d'Osiris et d'autres divinités se fixaient sur lui, extraordinairement vivants. Il perçut un nouveau bruit dans son dos, se retourna. Poussa un cri dans un sursaut de terreur. Trois terribles figures venaient de surgir du noir et le menaçaient de leurs couteaux. Les trois génies de la seconde porte du royaume d'Osiris !

— Qu'est-ce qui se passe ? lança Nekab.

Le son de la voix de son complice ramena Djet à la réalité, et le rassura. Il ravala sa peur, passa la main sur son visage.

5. Roche volcanique rouge.

— Rien. J'ai cru que les dieux sortaient du mur.

Djet avisa un ensemble de pots et de paniers entreposés sur une console, au pied des trois génies. Il eut la soudaine intuition que quelque chose se cachait parmi les offrandes. Il voulut tendre la main mais se retint à temps. Il eut, en un éclair, la vision d'une chose noire, longue, enroulée sur elle-même.

— Meretseger, bredouilla-t-il.

Un serpent était-il entré après eux ? Ou bien la déesse était-elle dans la tombe depuis l'inhumation de Néfertari, gardienne de son sommeil ? Djet s'attendait à voir la masse se déplier, dérouler ses anneaux, se dresser, gonfler son capuchon et projeter vers lui sa mâchoire silencieuse aux dents de scie. Il frissonna, recula à pas glissés.

— Tu viens ? répéta Nekab. Il y a des tas de coffres empilés les uns sur les autres, et du mobilier jusqu'au plafond.

Djet inspira à fond pour refouler un début de panique. Rien ne bougeait sur la console. Ce n'était peut-être que son imagination, liée à sa peur, qui lui avait fait prendre une corde pour un cobra. La gorge sèche, il balbutia :

— Je... j'arrive...

Sous la lueur des torches apparut un fouillis de lits, d'armoires, de coffres, de paniers... Des reflets d'or attirèrent l'attention des deux pillards. Ils se mirent à remuer coffres et tabourets, finirent par dégager un superbe trône : le siège d'apparat de Néfertari. Le dossier était constitué d'une plaque d'or incrustée d'opales, représentant la reine en adoration devant Horus. Deux chacals couchés, en or massif, servaient d'accoudoirs.

— Il ne sera pas facile à transporter, remarqua Nekab. Il faudra le briser pour récupérer les objets en or. Voyons ce qu'il y a dans les coffres.

Le premier renfermait des flacons de parfums, le second des peignes, des miroirs, des cuillères à fard. Le troisième arracha aux deux hommes une exclamation de joie ; il contenait de nombreux bijoux : bracelets en cornaline, boucles d'oreilles en forme de croissant de lune, en jade ou en turquoise, colliers en or et en lapis-lazuli... Djet y plongea ses mains, porta les bijoux à son visage comme s'il voulait s'enivrer de leur précieuse odeur. Nekab ouvrit un quatrième coffre, découvrit des coupes en or et en argent. Tous s'empressèrent alors de remplir leurs sacs.

— On ne peut pas tout emporter, se désola Djet en soupesant sa charge. Il faudra revenir plusieurs fois. Ça multiplie les risques.

— Bah, ce n'est pas le temps qui nous manque ! Nous en profiterons pour explorer les autres pièces. Ramsès n'a pas dû lésiner sur les richesses destinées à sa Grande Epouse. Bien que le chef ait besoin de ces trésors, on va se servir au passage.

— Tu as raison, ricana Djet, je vais enterrer ma part dans le désert.

Au moment de jeter le sac sur son dos, il aperçut un petit scarabée en obsidienne[6] sur le sol, sans doute tombé d'un coffre. Il le ramassa et le fourra dans son pagne. « Une amulette protectrice, ça ne peut pas faire de mal », pensa-t-il. Nekab et lui retra-

6. Roche volcanique noire.

versèrent la chambre funéraire, remontèrent l'escalier, parvinrent à l'antichambre. Ils ne furent pas longs à se retrouver à l'extérieur, éblouis par un soleil de plomb. Leur premier soin fut de refermer l'entrée derrière eux. Djet eut l'impression, en posant la dernière pierre, d'emmurer Meretseger dans le tombeau. Il se redressa, triomphant, dans une attitude de bravade, et regarda tout autour de lui. Nekab s'étonna.

— Qu'est-ce que tu attends ? Il ne faut pas traîner ici.

— Je nargue les dieux des morts, répondit-il. Et ça fait du bien après la peur qu'ils m'ont flanquée là-dessous.

Djet discerna tout à coup un mouvement dans les roches rouges, sur l'autre flanc de la vallée. Animal ou humain ? Il plaça sa main devant ses yeux, étudia le versant. Des ombres glissaient d'un rocher à l'autre. Une bouffée de frayeur saisit Djet à la gorge.

— On nous épie ! couina-t-il.

Nekab tressaillit. Il vida son sac sur le sol, recouvrit le trésor de terre et de rocailles, puis il entreprit de remplir son sac avec des pierres, en s'éloignant petit à petit de l'entrée du tombeau. Djet l'imita sans un mot, la rage au cœur.

— Qui sont-ils ? demanda-t-il d'une voix sourde en constatant qu'une dizaine d'hommes convergeaient vers eux. Des gardes ? Des voleurs ?

— Je n'en sais rien, mais ils sont armés. Surtout ne t'enfuis pas ! recommanda Nekab. Deux paysans qui ramassent des pierres n'ont à craindre ni les soldats ni les pillards du désert.

Un hennissement éclata au-dessus d'eux. Ils levèrent la tête, distinguèrent trois chars sur le rebord de la falaise.

— Ils nous coupent toute retraite. Comportons-nous comme d'innocents paysans.

D'une voix qui se voulait assurée, les deux pilleurs de tombes échangèrent alors des commentaires quant à la taille des pierres qu'ils fourraient dans leurs sacs.

— Ce sont les hommes du maire de Thèbes, murmura Djet en suivant l'approche des gardes par des regards en biais. Je reconnais l'officier Ouri. Qu'est-ce qu'ils font ici ? Quelqu'un nous aura trahis.

Nekab décida de jouer au naïf. Il se frotta le bas du dos, poussa un gémissement, et s'adressa à l'un des soldats qui marchaient vers lui.

— Le maire Oumentep nous enverrait-il des renforts ? C'est vrai qu'on a bien besoin d'aide pour transporter ces pierres jusqu'au Nil afin de consolider les digues. La crue ne va pas tarder et...

L'homme lui arracha son sac, le vida devant lui.

— Hé ! protesta Nekab.

Djet prit un air outré lorsqu'on lui retourna son sac sur les pieds. L'une des pierres écrasa son gros orteil, mais il était trop effrayé pour se plaindre.

— Il n'y a que des pierres, rapporte le garde à l'officier Ouri qui arrivait.

— Que pensiez-vous trouver ? risqua Nekab.

Les soldats se resserrèrent en arc de cercle autour des deux voleurs. Djet crut bon de renchérir :

— Vous ne nous prenez tout de même pas pour des pilleurs de tombes ?

Mais sa voix sonna faux.

— Quand le maire fait réparer les digues, commença Ouri, c'est toute une foule de paysans qui travaille le long du fleuve ; et il ne viendrait à personne l'idée d'aller chercher des pierres dans une nécropole.

Djet avala sa salive. Il lui resta un goût amer dans la bouche. Il quêta le regard de son complice mais celui-ci essayait d'expliquer que son intention avait été d'emporter les pierres pour construire un abri à ses chèvres.

— Tu te moques de moi ! tonna Ouri en prenant Nekab à la gorge. Depuis quand utilise-t-on de bonnes pierres pour les bêtes alors qu'on se contente de briques d'adobe[7] pour les hommes ?

Les soldats se firent menaçants. Les uns portaient des lances, d'autres le redoutable harpê, le sabre à lame courbe. Djet vit l'instant où les gardes allaient se précipiter sur eux pour les rouer de coups. Il prit peur, tenta de s'échapper en courant vers la falaise. Deux hommes se lancèrent à ses trousses. L'un d'eux projeta sa lance dans les jambes du fuyard, hampe en avant. Djet culbuta dans les rocailles. Une poigne le releva sans ménagement.

— Pitié ! implora-t-il. Je ne suis qu'un pauvre paysan.

Le garde se mit à le secouer tant et si bien que le scarabée d'obsidienne tomba du pagne. Un autre garde le ramassa.

— D'où tiens-tu cette amulette ? demanda-t-il.

7. Mélange d'argile et de paille, séché au soleil.

Djet roulait des yeux affolés. Il crut que son ventre se remplissait de pierres, que ses jambes allaient se dérober sous lui. Il articula avec difficulté, avec la sensation de mâcher des mots de sable :

— C'était à ma mère. La malheureuse me l'a donnée avant de mourir. J'y tiens comme à la prunelle de mes yeux.

Les deux gardes retournèrent vers le groupe. Ouri étudia l'objet.

— Ta mère était princesse ou reine pour bénéficier d'un cartouche[8] gravé sur l'amulette ?

Djet ne répondit pas. Il déglutit avec effort, regarda ses pieds pour ne pas voir en face la mine goguenarde de l'officier. Celui-ci fit alors un geste en direction des trois chars immobiles au bord de la falaise. C'est le signal qu'attendaient les conducteurs pour ébranler leur attelage. L'un derrière l'autre, soulevant une fine poussière rouge, les chars s'engagèrent sur le chemin en pente qui ralliait la vallée.

— Je ne comprends pas, glissa Nekab à l'oreille de son complice, ils étaient tous en embuscade, comme s'ils savaient que nous allions venir.

— Silence ! aboya un soldat en lui envoyant une bourrade dans le dos.

L'attention de tous se porta sur les chars qui déboulaient à vive allure. L'impression d'une trahison se renforça lorsque Nekab reconnut le maire

8. Encadrement qui, dans les inscriptions hiéroglyphiques, entoure les noms des grands personnages ou leurs titres honorifiques.

Oumentep. Que venait-il faire ici en personne ? Renversés en arrière, les rênes tendues, les maîtres d'attelage arrêtèrent les chevaux devant les soldats. Oumentep sauta à terre, suivi par un scribe qui tenait un rouleau de papyrus, une palette en bois munie de ses calames[9], et deux petits flacons remplis respectivement d'encre noire et d'encre rouge. Un colosse nubien descendit du dernier char, de longues cannes à la main. Ouri présenta au maire le scarabée d'obsidienne.

— Cet individu affirme le tenir de sa mère, précisa-t-il en désignant Djet.

Oumentep y jeta un rapide coup d'œil.

— Cette amulette porte le nom de Néfertari, l'Epouse Royale de Ramsès le Grand, déclara-t-il. Soutiens-tu encore qu'elle appartenait à ta mère ?

— Ma mère me l'a donnée, insista Djet. Mais peut-être l'avait-elle trouvée dans quelque pierraille, ajouta-t-il en se tordant les doigts de désarroi. Comme elle ne savait pas lire, et moi non plus, nous ne...

Il n'acheva pas. Sur un signe d'Oumentep, deux soldats se saisirent de Djet et le forcèrent à s'étendre sur le ventre. Deux autres agirent de même avec Nekab et le maintinrent au sol en s'agenouillant sur ses épaules. Le Nubien approcha en faisant siffler sa trique. Le scribe s'assit en tailleur, posa sa tablette sur ses genoux, déroula son papyrus, trempa un calame dans l'encre noire et attendit. Oumentep se campa devant les deux prisonniers.

9. Roseau taillé qui sert à écrire.

— Avant de convoquer le grand prêtre d'Amon pour siéger avec moi à la kenebet[10], il me faut obtenir vos aveux. Que Maât aiguise votre langue afin que la vérité sorte de votre bouche !

Il donna l'ordre au Nubien de commencer. Le colosse leva le bras, abattit sa canne sur les dos, à tour de rôle. Les gardes s'assirent sur des pierres, insensibles aux cris des deux hommes, à leurs râles, à leurs halètements. Chaque coup leur ouvrait le dos, le barrant d'une longue balafre.

— Nous sommes des paysans ! hurla Nekab avant de mordre la terre pour s'empêcher de parler.

Oumentep commanda alors qu'on les retourne. Ouri enfonça une boulette de lin dans la bouche de Djet et de Nekab pour éviter qu'ils ne se coupent la langue en serrant leurs dents de douleur, puis le Nubien s'appliqua à frapper les mains et les pieds des suppliciés. Djet se tordait sous les coups ; il lui semblait que son cœur allait éclater tant la souffrance était devenue intolérable.

La bastonnade cessa, le temps pour le Nubien de changer de canne. Il en choisit une plus grosse, capable de briser les orteils au premier coup. Djet roula des yeux fous, émit une suite de grognements. L'officier lui retira la boule de lin. Djet aspira bruyamment, pour se remplir ses poumons d'air.

— Je suis prêt, annonça le Nubien.

— Je vais parler, marmonna Djet. C'est vrai, nous sommes entrés dans la tombe de Néfertari.

Le scribe nota l'aveu sur son papyrus. Nekab se

10. Le tribunal.

tortilla, cherchant à se libérer des soldats qui le plaquaient au sol. Le colosse lui assena un coup pour le calmer. Le choc lui cassa le nez.

— Tu sais ce qu'il en coûte de violer une sépulture, rappela le maire. La kenebet vous condamnera aux mines pour le restant de votre misérable vie. Qu'avez-vous fait des richesses volées ?

— On les a cachées dans la rocaille, près de l'entrée du tombeau.

Ouri envoya tout de suite ses hommes fouiller l'endroit.

— À voir deux cloportes de votre espèce, j'ai du mal à admettre que l'idée vient de vous, poursuivit Oumentep. Comment avez-vous eu connaissance de l'emplacement de ce tombeau ? Comment comptiez-vous écouler les bijoux ?

Djet hésita à répondre. Oumentep se tourna vers le Nubien. Celui-ci brandit sa canne, visa le pied de Djet. Oumentep leva la main, suspendant le supplice.

— Alors ? questionna-t-il. Tu préfères être estropié à vie ?

— C'est le chef, avoua Djet dans une expiration. C'est lui qui nous a donné le plan de la vallée, et c'est à lui que nous devions remettre le trésor.

— Quel est son nom ? interrogea Ouri. Où pouvons-nous le trouver ?

Le scribe trempa un calame dans l'encre rouge, prêt à tracer le nom sur le papyrus.

— Il est à Saïs. C'est un homme important. S'il apprend que j'ai parlé, il...

— Là où tu seras, personne ne viendra te chercher, assura Oumentep avec un vilain sourire.

Il changea de ton, prit un air matois.

— Mais il n'est pas juste que vous soyez les seuls punis. Ton chef sera exécuté, je te le promets. Qui est-il ?

Djet jeta un regard effaré à droite et à gauche, comme s'il redoutait que la montagne ou le désert ne l'entendent.

— C'est le général Amasis, révéla-t-il dans un filet de voix. Il a besoin d'or pour payer ses Hommes de Bronze.

3

L'OISEAU DE GUERRE

Pharaon Apriès avait convoqué tout son état-major dans la Maison des Armées située dans une aile de son palais, à Saïs. Les dalles des couloirs résonnaient des pas des officiers et du cliquetis des armes quand les soldats se mettaient au garde-à-vous à chaque passage des généraux. Ramose, le commandant en chef de la charrerie, arriva à longues enjambées, obligeant son aide de camp à courir pour se maintenir à sa hauteur. Celui-ci, répondant au nom de Tefnekh, portait une vilaine cicatrice sur la joue droite et gardait son œil droit constamment fermé suite à un méchant coup d'épée reçu sur le champ de bataille.

— La séance est commencée ? demanda-t-il au factionnaire posté devant la porte de la salle.

— Pharaon n'est pas encore là, le rassura l'homme. Et il manque aussi le général Amasis.

Ramose poussa un soupir de soulagement : il avait craint d'être en retard.

Droite, fière, Tirya marchait à côté de son père, répondant au salut des gardes par un regard provocateur.

— Tu les troubles, dit Amasis en souriant. Mais je ne comprends pas pourquoi tu t'obstines à me suivre. C'est une réunion militaire. Nous n'avons pas besoin de danseuse.

— Peuh ! Je laisse à Ninétis et à ses amies le soin de montrer leurs cuisses, rétorqua la jeune fille. Je veux savoir si Pharaon va conserver ses mercenaires ou s'il va te nommer à la tête d'une quelconque armée de babouins. Je me plais bien à Saïs, je n'ai pas envie d'aller me morfondre dans une caserne en Haute-Nubie ni de m'habiller avec des plumes d'autruche.

Le garde ouvrit la porte de la salle, la referma derrière Amasis, et reprit son attitude de sentinelle : le dos raide, les jambes légèrement écartées, les deux mains appuyées sur la lance, le regard fixé sur un point à l'infini. Tirya souffla de dépit : le bonhomme n'était pas du genre à lui permettre de coller son oreille à la porte. Elle se mit à tourner en rond puis elle alla s'appuyer contre une colonne sculptée en forme de faisceaux de lotus. Le garde lui jeta un coup d'œil en coin : il lui aurait volontiers conseillé d'aller s'occuper ailleurs, mais il n'avait le droit de parler qu'à ses supérieurs, et seulement pour répondre à leurs questions.

Un bruit de pas annonça l'approche d'une petite troupe. Le soldat frémit, comme si chaque parcelle de son corps cherchait à rectifier sa position. Pharaon apparut, flanqué de sa garde personnelle. Grand, maigre, le visage osseux, Apriès dépassait ses hommes d'une tête. Il était vêtu d'un ample manteau blanc, transparent, qui s'ouvrait sur une shendjit — un pagne plissé — à fils d'or. Il portait le traditionnel némès à bandes bleues, la coiffure royale en tissu retombant sur les épaules. Apriès aperçut

Tirya mais son regard la traversa comme si elle n'existait pas. Le garde cria un ordre. Les portes s'ouvrirent en grand. Pharaon pénétra dans la salle avec ses hommes, puis les battants se refermèrent dans un claquement sourd qui roula dans le couloir, pareil à un grondement d'orage. Il s'ensuivit un lourd silence, un de ces silences de pierre qui figent l'instant.

Tirya marcha un moment de long en large, les mains derrière le dos, se demandant bien ce qui se tramait derrière cette porte. Elle eut une soudaine inspiration et, tournant les talons, se mit à courir vers le jardin.

La nouvelle que venait d'annoncer Pharaon atterra le général Amasis : la guerre allait être déclarée contre la cité de Cyrène, une colonie grecque établie sur la côte de la Libye.

— Les Grecs ont toujours été nos alliés, fit remarquer Amasis. Grâce à eux, le commerce enrichit nos ports et...

— Il enrichit surtout les marchands grecs de Naucratis, coupa Pharaon. Ils agissent comme si l'Égypte leur appartenait et vident nos greniers à blé pour nourrir Sparte et Athènes. Que surgisse une mauvaise récolte, et nous voilà tous affamés !

— Je ne crois pas, objecta Amasis. Les Grecs ont fondé des colonies sur le pourtour de la Méditerranée ; ils nous fourniront des céréales de Gaule ou de la Grande Grèce[1] si notre pays vient à en manquer.

Pharaon posa sur lui un regard noir.

1. L'Italie du Sud.

— Gardons nos grains dans nos greniers, et nous n'aurons pas à supplier ces Grecs de nous aider.

C'était dit sur un ton qui n'admettait pas de réplique. Il crut bon d'ajouter :

— Les Libyens ont toujours menacé l'Égypte. Ils ont été de toutes les guerres, de toutes les trahisons. En leur apportant mon soutien contre Cyrène, je compte mettre un terme à des siècles de troubles.

— Tu fermes un front pour en ouvrir un autre, insista Amasis. Toute la Grèce va se porter au secours des Cyrénaïques.

Apriès éclata d'un rire un peu forcé.

— Toute la Grèce ? Mais il n'y a pas de Grèce ! Il y a de nombreuses cités rivales, parfois en lutte les unes contre les autres, mais il n'y a pas d'État grec comme il y a un État égyptien. Théra[2] ou Sparte enverront peut-être des secours, car les colons de Cyrène sont issus de ces deux cités, mais elles ne se risqueront jamais à attaquer l'Égypte. Le danger grec est vraiment minime face à la pression libyenne. Aussi, mon choix est fait.

Ramose, le chef de la charrerie, lâcha sur un ton moqueur :

— Amasis craint-il d'engager ses Hommes de Bronze dans la bataille ? Aurait-il scrupule à opposer des Grecs à d'autres Grecs ? Si tel est le cas, qu'il laisse ses troupes à Naucratis, mes chars suffiront à enfoncer l'ennemi.

Amasis ne répondit pas tout de suite. Les officiers l'observaient, un petit sourire au coin des lèvres. Ils

2. Aujourd'hui Santorin, une des îles de la mer Égée.

n'aimaient pas ce général qui privilégiait les mercenaires étrangers. Quand Amasis se décida à parler, ce fut d'une voix à peine audible afin d'obliger les autres à se pencher vers lui pour l'entendre.

— Depuis près d'un siècle, les Pharaons emploient des Grecs dans leur armée. C'est grâce aux Hommes de Bronze qu'ils ont pu reconquérir le Delta en écrasant les alliés d'Assourbanipal[3].

— Les Hommes de Bronze nous ont rendu de bons services à une époque où l'armée égyptienne avait perdu sa force, reconnut Pharaon. Aujourd'hui, nos troupes sont bien entraînées et suffisamment nombreuses pour s'opposer à n'importe quel ennemi. Rassure-toi, Amasis, reprit-il en devançant une question de son général, je n'ai pas encore décidé de me priver des mercenaires. Tu seras à leur tête pendant l'assaut contre Cyrène.

— Peut-on toujours leur accorder notre confiance ? demanda Ramose.

— Tant que nous tiendrons nos engagements envers eux, répondit Amasis. Mais il n'était pas prévu de les faire combattre d'autres Grecs.

— Les Hommes de Bronze sont des Cariens originaires de la côte de l'Asie Mineure, rappela Apriès. Peut-on dire qu'ils sont vraiment grecs ? Ils n'ont aucun lien avec les gens de Théra ou de Sparte.

Amasis se passa une main sur le visage et déclara d'une voix lasse :

— Cela fait des siècles que les Grecs se sont établis sur la côte de l'Asie Mineure et qu'ils se sont

3. En 656 avant J.-C.

mêlés aux populations locales. Nos mercenaires parlent le grec, leurs dieux sont des dieux grecs, ils tirent leur mémoire des poèmes d'Homère et ont le sentiment d'appartenir à un même peuple. Pour eux, nous sommes des barbares. Les cités grecques se jalousent, et il leur arrive de guerroyer entre elles, c'est un fait, mais je suis bien certain qu'elles oublieraient vite leurs querelles pour s'unir contre un ennemi commun.

— Soutiendrais-tu que les mercenaires oseraient se retourner contre nous ? s'inquiéta Ramose.

— Ou qu'ils pourraient exiger davantage de richesses pour accepter de combattre les Cyrénaïques ? renchérit un général qui commandait des fantassins.

Pharaon leva la main pour faire taire ses officiers.

— Les Hommes de Bronze n'obtiendront rien de plus que leur ration alimentaire habituelle, des vêtements, des sandales de cuir et du bronze pour fourbir leurs armes et leurs cuirasses. Les sous-officiers possèdent chacun une maison avec deux serviteurs. Que leur faut-il de plus ? La liberté de choisir leur adversaire ?

Le ton d'Apriès se fit tranchant.

— Général, poursuivit-il en plantant ses yeux dans ceux d'Amasis, j'exige que tu te portes garant de la loyauté de tes hommes. Si tu ne peux le faire, qu'ils quittent l'Égypte ! Je ne veux pas de traîtres dans mon armée !

Amasis était pris au piège. S'il doutait de la fidélité de ses mercenaires grecs, il perdrait la face ainsi que son commandement. Apriès l'enverrait s'enterrer dans quelque garnison lointaine. S'il montait au combat avec ses Hommes de Bronze, et que la bataille tourne en défaveur de l'Égypte, Apriès l'en rendrait responsable en invoquant la mollesse de l'attaque, le peu d'entrain de ses guerriers. Amasis supporterait à lui seul le poids de la défaite, et il ne survivrait pas à son déshonneur. Il pensa à Tirya. Que deviendrait-elle alors ?

Amasis allait répondre quand quelque chose attira son attention : la vision fugitive d'un mouvement derrière une fenêtre à claustras. Il crut à un envol d'oiseau, mais distingua une main cramponnée à la pierre, puis le bas d'un visage. Son coup d'œil de côté n'échappa pas à Pharaon.

— On nous espionne ! s'écria Apriès en apercevant l'intrus.

Il montra la fenêtre. Deux gardes s'y précipitèrent, le harpê au poing.

— Laissez-la ! C'est ma fille ! s'exclama Amasis.

Le cri arrêta les gardes qui s'apprêtaient à pointer leur arme à travers les claustras, mais l'un d'eux attrapa la jeune fille par son poignet. Apriès se tourna vers Amasis. Son regard reflétait une question.

— Tu connais Tirya, commença Amasis sur un ton bon enfant, il faut toujours qu'elle...

— Pour parvenir à cette fenêtre, elle a dû grimper le long d'un palmier. Ne me dis pas qu'elle poursuivait un babouin ! assena Pharaon d'une voix courroucée. Si ta fille est montée jusqu'ici, c'est pour surprendre nos paroles.

— Allons donc ! protesta Amasis, Tirya a agi par simple curiosité. N'y vois rien d'autre que l'effervescence de son âge.

Comme Apriès conservait une mine sceptique, le général Amasis ajouta :

— Tu l'imagines courir chez le roi Battos[4] pour le prévenir de tes intentions ?

Pharaon grommela entre ses dents. Il quêta l'avis de ses officiers, mais pas un ne fit le moindre commentaire. Apriès comprit qu'ils partageaient le point de vue d'Amasis.

— Bon, conclut-il d'une voix sourde, je veux bien admettre que ta fille essaie d'imiter les singes, mais sa langue pourrait s'agiter malgré elle, aussi je la consigne chez elle jusqu'à ce que les troupes quittent Saïs. Elle peut redescendre maintenant, souligna-t-il avec un geste de la tête à l'intention du garde qui emprisonnait toujours le poignet de Tirya dans sa main.

L'homme la repoussa. Elle bascula en arrière, cria, tomba dans le bassin de lotus sous la fenêtre.

— Il faudra que je pense à faire agrandir ce bassin et à le peupler de crocodiles, marmonna Pharaon. Ils seront plus dissuasifs et surtout plus efficaces que mes sentinelles... Tu ne t'es toujours pas prononcé sur la fidélité de tes mercenaires, reprit-il en haussant le ton.

Le général exhala un soupir imperceptible.

— Mes hommes ont choisi de se battre pour l'Égypte. Je le leur rappellerai.

Apriès en attendait plus. Il fronça les sourcils et demanda :

— C'est tout ?

4. Battos II l'Heureux, roi de Cyrène.

— Ils seront aussi curieux de savoir comment les soldats égyptiens et nubiens les reconnaîtront quand nous serons au corps à corps avec les Cyrénaïques.

— Que tous les mercenaires grecs peignent une hirondelle noire sur leur bouclier ! L'oiseau les protégera de nos coups, mais il les désignera surtout à mes archers s'ils s'avisaient de me trahir.

— Ce sera fait, assura Amasis en s'inclinant.

Le silence qui s'ensuivit pesa sur sa nuque et le mit mal à l'aise. Pharaon exigeait que son général engage sa foi, qu'il prête serment au nom de ses Hommes de Bronze. Amasis se redressa.

— J'obtiendrai de mes troupes qu'elles livrent bataille, déclara-t-il, et j'agirai au mieux pour l'Égypte.

— Bien, dit Pharaon en hochant la tête, étudions à présent notre plan de campagne.

— Te voilà devenue grenouille ! lança Amasis d'une voix dénuée de tout humour à sa fille en la retrouvant dans leur maison.

Tirya, elle non plus, n'avait pas envie de rire. Elle rétorqua :

— Ce n'est pas le fait que j'aie voulu écouter votre conversation qui te chagrine, mais que je me sois laissé surprendre !

— Je me suis senti ridicule devant tout l'état-major.

— Et moi donc ! Quand j'ai retraversé les couloirs du palais avec ma robe et mes sandales trempées, j'avais l'impression d'être devenue un canard. Je hais cet Apriès presque autant que ses filles ! Va-t-il réellement déclarer la guerre aux Grecs ?

Amasis entra dans la petite pièce qui lui servait de bureau et s'affala sur un siège. Méris, la vieille nourrice de Tirya, apparut avec un plateau contenant deux coupes et deux cruches. Elle versa du vin de palme dans l'une, qu'elle présenta au général, et emplit l'autre de jus de grenade, qu'elle tendit à Tirya. Amasis attendit que Méris fût ressortie pour annoncer :

— Je pars dès aujourd'hui pour Naucratis. Je veux faire embarquer mes Hommes de Bronze au plus vite avant que Pharaon ne change d'avis et ne les confine dans leurs casernes. Je soupçonne Ramose d'intriguer dans mon dos pour m'évincer et s'attribuer les mérites de cette campagne. J'opérerai ma jonction avec le reste de l'armée sur la côte de la Cyrénaïque.

— Je vais avec toi jusqu'à Naucratis, décréta Tirya. J'ai envie d'assister au départ de tes gros vaisseaux.

— Tu resteras ici !... Sur ordre de Pharaon, compléta-t-il devant l'air offusqué de sa fille. Il craint que tu ne sèmes au vent ses secrets militaires.

— Personne ne croira que les Hommes de Bronze vont à la pêche.

— C'est sûr, mais beaucoup s'imagineront que nous nous dirigeons vers la Syrie ou la Phénicie. C'est une histoire de quelques jours, précisa-t-il pour contrer une objection de Tirya. Quand les chars et les fantassins quitteront Saïs, tu seras libre à nouveau de voleter en ville et de reprendre tes longues promenades en bachole[5] sur les canaux. D'ici là, tu ne quittes pas cette maison.

5. Petite barque de roseaux tressés.

Tirya fit une moue. Elle but d'un trait son jus de grenade, comme pour avaler sa rancœur d'un seul coup. Elle eut une pensée pour sa mère, Ténet, disparue deux ans plus tôt — c'était une femme d'intérieur qui régnait sans partage sur son monde de servantes. Sa présence manquait à la jeune fille, tout comme elle manquait à cette maison devenue silencieuse. Depuis la mort de Ténet, l'habitation semblait avoir perdu son âme, sa chaleur, vide qu'elle était désormais des éternelles remontrances adressées aux domestiques. La vieille Méris s'occupait de tout, mais elle se glissait dans les couloirs telle une ombre, apparaissait dès qu'on avait besoin d'elle, s'éclipsant aussitôt après.

À l'opposé de sa mère, Tirya était une oiselle qui préférait vivre au-dehors, avec les arbres et le ciel pour horizon. Pour elle, être privée une journée entière de sortie relevait de l'emprisonnement. Elle s'approcha de son père toujours assis, vint s'appuyer contre son dos, par-derrière, passa les bras autour de son cou et posa sa joue contre la sienne.

— Tu sais que je ne supporte pas l'idée d'être encagée, minauda-t-elle d'une voix câline.

Amasis se donna le temps de boire trois gorgées de son vin de palme avant d'annoncer :

— Je te permets d'aller folâtrer dans les jardins du palais. Pharaon ne verra pas d'inconvénient à te voir en compagnie de ses filles.

— C'est une façon de me placer sous sa surveillance directe ! s'indigna Tirya en se raidissant.

— C'est une façon de montrer ma soumission. J'ai besoin de deux, trois jours pour procéder au chargement du matériel, des vivres et des hommes.

Une fois en mer, aucun contre-ordre d'Apriès ne pourra m'atteindre. Tu ne veux pas finir en Haute-Égypte, vêtue de plumes d'autruche ?

Tirya haussa les épaules, résignée. Puis elle lui claqua une bise sur la joue. Promis, elle se tiendrait coite jusqu'au départ des troupes de Saïs !

Quand Amasis la quitta pour aller faire ses préparatifs, Tirya ressentit une étrange impression : comme si le départ précipité de son père cachait en réalité une fuite.

4

LE MESSAGER DE THÈBES

Accoudée à la rambarde d'une terrasse du palais, Tirya regardait le bras du Nil s'enflammer aux rayons du soir. Des rires et des bribes de conversation lui parvenaient du jardin, en contrebas, où Tahoser et ses amies s'étaient réunies.

— Tu rêves encore ? dit une voix flûtée derrière elle.

Tirya se retourna. La petite Sehouna vint s'installer à côté d'elle. La gamine jeta un coup d'œil sur la ville entourée de remparts, dont les maisons se groupaient autour du palais et autour du grand temple de Neith. Elle porta un instant son attention sur les ruelles qui s'emplissaient d'ombre violette. La forêt de papyrus, qui s'étendait à perte de vue dans le Delta, au-delà du cours d'eau, ressemblait à un tapis d'or et de vert.

— Qu'est-ce que tu regardes ? interrogea enfin Sehouna.

— Le ciel. La liberté.

— Tu suis le vol des oiseaux ?

— En quelque sorte...

— Tu t'ennuies avec nous ? Je peux te prêter ma mangouste.

Tirya sourit. Elle lui passa la main dans les cheveux.

— Tu es gentille. Mais cela n'allégera pas le poids que j'ai dans le ventre. Voilà maintenant trois jours que mon père est parti à Naucratis, trois jours que je me morfonds entre ma maison et ce jardin. Le monde s'est rétréci autour de moi. J'étouffe. Pharaon tarde bien à faire sortir son armée de Saïs.

— Tahoser dit que ça remue beaucoup dans les casernes, rapporta Sehouna. Le départ des soldats est proche.

Elle laissa passer un silence avant de demander :

— Pourquoi on fait la guerre ?

— C'est une histoire de grandes personnes. C'est compliqué.

— Personne ne nous a attaqués.

Tirya remarqua tout à coup une traînée de poussière sur la piste du Sud. « C'est un char, apprécia-t-elle. L'homme est drôlement pressé pour mener son attelage à une telle allure. » Le char plongea dans la ville, mais il réapparut bientôt à côté du temple de Neith.

— Il se dirige vers le palais, nota Tirya à voix haute. Allons le voir de plus près.

Sehouna préféra retourner dans le jardin. Tirya traversa la terrasse, emprunta une série de marches pour accéder au chemin de ronde qui longeait l'enceinte du palais. Elle se mit à courir afin d'arriver avant le char au-dessus de l'entrée située entre deux hautes tours cannelées. L'attelage déboula à fond de train.

— Hooo ! hurlèrent les sentinelles de la porte en élevant leur lance.

Le conducteur tira sur les rênes. Les chevaux plantèrent leurs sabots dans le sol, glissèrent sur une distance de quelques coudées[1]. Leur poitrail était couvert d'écume et leurs naseaux fumaient comme si les bêtes avaient soutenu l'allure depuis un long moment.

— Laissez-moi passer ! cria le conducteur. J'ai un message pour Pharaon !

— On n'entre pas dans le palais comme ça, spécifia l'un des gardes. Je ne te connais pas.

— Allez chercher votre officier pour qu'il m'introduise auprès d'Apriès ! ordonna l'homme. Dites-lui que c'est Oumentep, le maire de Thèbes, qui m'envoie ! Cela fait six jours que je crève plusieurs chevaux pour vous apporter des révélations sur le général Amasis.

Tirya sursauta. Qu'y avait-il à apprendre sur son père ? Elle savait que Pharaon se reposait dans le jardin, près de sa volière. Elle s'empressa de quitter le chemin de ronde, courut par les allées et atteignit l'endroit où pépiaient une centaine d'oiseaux. La jeune fille se glissa dans la remise du jardinier, toute proche ; elle attrapa un panier d'osier, salit volontairement le bas de sa tunique ainsi que ses mains puis, courbée en deux, elle entreprit d'arracher quelques mauvaises herbes en s'approchant d'Apriès qui lui tournait le dos, assis sur un banc. L'officier apparut presque aussitôt en compagnie du messager de Thèbes. Tous deux s'inclinèrent devant Pharaon.

— Il faut un motif grave pour venir me déranger, grogna Apriès.

1. Une coudée équivaut à 52 centimètres.

— Amasis est à la tête d'une équipe de pilleurs de tombes, affirma le messager sans relever la tête.

Tirya étouffa un cri. Le bonhomme racontait n'importe quoi ! Apriès eut la même réaction.

— Tu divagues ! Le général est à Naucratis avec ses mercenaires, et il était ici auparavant. Je l'ai vu tous les jours.

— Ses complices Djet et Nekab l'ont dénoncé, expliqua l'homme. Oumentep a réuni la kenebet pour les juger : ils seront condamnés à finir leurs jours dans les mines d'or de Ouadi Hamamat[2].

Bien qu'ébranlé, Pharaon hésitait encore à croire le messager.

— Pourquoi un si grand général s'impliquerait-il dans un acte aussi vil ?

— Pour l'or ! assena l'envoyé d'Oumentep. Amasis a besoin d'or pour contrôler ses Hommes de Bronze. C'est ce qu'a révélé l'un des pilleurs.

— Va travailler plus loin ! lança Pharaon à Tirya qu'il venait d'apercevoir en tournant la tête et qu'il prit pour une servante attachée au désherbage. Quant à toi, raconte-moi en détails cette incroyable histoire. Ah ! fit-il à l'adresse de son officier, préviens les gardes de la Porte pour qu'ils arrêtent la fille d'Amasis si elle se présente de leur côté.

L'homme partit en courant. Tirya s'éloigna à grands pas. Il fallait fuir ! Si Apriès s'emparait d'elle, il l'utiliserait comme moyen de pression pour obliger le général à revenir à Saïs. Si Amasis avait déjà levé

2. Gisements situés à l'est de Kous (Coptos), dans le désert arabique, entre la boucle du Nil et la Mer Rouge.

l'ancre avec ses mercenaires, elle risquait fort d'être retenue en otage dans une chambre exiguë du palais. La jeune fille était tellement abasourdie qu'elle marchait un peu au hasard, cherchant à mettre le plus de distance entre Pharaon et elle. Les mots sonnaient dans sa tête, pareils à des coups portés sur un tambour. Tout en elle se révoltait à l'idée que l'on pût accuser son père de sacrilège.

— C'est impossible ! gémissait-elle en se frappant le front avec ses poings. C'est impossible, impossible, impossible...

La phrase de Ninétis lui revint en mémoire : « Si ton père veut garder ses mercenaires, ce sera à lui de pourvoir à leurs besoins. » Depuis combien de temps Amasis payait-il ses troupes avec l'or des tombeaux ? Tirya secoua la tête pour chasser cette horrible pensée.

— Pas mon père, chevrota-t-elle, les mains collées sur sa bouche.

Elle se rappela son départ, la manière dont Amasis avait quitté la ville, comme s'il voulait s'en échapper au plus vite. « Il craignait un contre-ordre de Pharaon, » se souvint Tirya. Mais ne redoutait-il pas autre chose ? Les questions se pressaient sous le crâne de la jeune fille.

— Papa ne m'aurait jamais abandonnée au palais, marmonna-t-elle pour se convaincre de l'innocence de son père.

Tirya réfléchit. Prévenus par leur officier, les deux factionnaires de la Porte ne la laisseraient jamais passer. Elle décida d'obliquer vers le potager, se débarrassa de son panier, gratifia d'un sourire une jeune servante qui lui proposait de l'eau fraîche, et franchit un massif d'hibiscus. Elle arriva devant la Maison Rouge — le ministère du culte royal —, choisit de remonter vers l'aile gauche du palais. Elle croisa quelques jardiniers qui la saluèrent, s'approcha de la Maison Blanche, où se traitaient les affaires financières de l'Égypte. Les sentinelles l'ignorèrent lorsqu'elle franchit le seuil en leur décochant un clin d'œil malicieux. « Je dois faire vite, se dit-elle. Pharaon va lancer tous ses gardes après moi. »

Elle se hâta le long d'une galerie à colonnes quand une voix éclata dans son dos.

— Hé ! Où vas-tu, toi ?

Tirya pila net. Un vieux scribe marcha vers elle, l'œil mauvais.

— Ta place n'est pas ici, reprit-il en lui agitant son calame sous le nez.

— Je venais voir Nérékê, mentit-elle. Il m'a demandé de l'attendre ici.

— Je ne connais aucun Nérékê, bougonna le scribe en l'agrippant par l'épaule pour la reconduire au-dehors. Les jeunes gens n'ont pas à se donner rendez-vous...

— Ce n'est pas un jeune homme, riposta Tirya en se dégageant. C'est un babouin. Il est deux fois plus beau que toi.

— Espèce d'oie insolente ! maugréa le bonhomme en levant la main.

Elle évita le coup, se précipita vers la première porte, l'ouvrit, surprit un groupe de scribes penchés sur des papyrus. Avant qu'ils aient eu le temps de réagir, Tirya s'était élancée à travers la pièce, renversant une table, piétinant des rouleaux de papyrus. Elle s'engouffra dans une autre pièce et se rua vers une petite fenêtre. Elle se pencha à l'extérieur : le bâtiment faisait corps avec l'enceinte, et l'ouverture se trouvait à un niveau plus bas que le chemin de ronde; dans la rue, en dessous, un marchand avait entassé ses ballots de lin contre le mur et vantait la qualité de son produit à trois femmes qui gardaient un air sceptique.

Une bousculade derrière Tirya! Lancés à ses trousses, les scribes pénétrèrent dans la deuxième pièce, aiguillonnés par les imprécations du vieillard qui vouait la jeune fille à la malédiction de Seth. Tirya grimpa sur le rebord, calcula son saut. Une main frôla sa cheville comme elle plongeait dans le vide.

Han! Elle se reçut sur les ballots mais ses pieds percèrent les bandes de lin. Les trois femmes poussèrent une exclamation de frayeur. Le marchand se retourna. Il resta d'abord muet, stupéfait, n'arrivant pas à détacher son regard des gros trous dans le tissu, puis il joignit ses lamentations aux invectives des scribes agglutinés à la fenêtre.

— Je dois sortir de la ville, hoquetait Tirya sans cesser de courir. Trouver une bachole... Me réfugier dans les roseaux de l'autre rive... Attendre la nuit pour gagner Naucratis...

Elle se mêla à une file de paysannes qui retournaient à leurs villages après avoir vendu leurs chèvres au marché de Saïs, mais elle attira l'attention d'un garde posté à l'entrée de la ville. Elle n'avait rien d'une fille de fellah, et son vêtement était de lin fin comme ceux de la noblesse. L'homme ne broncha pas. Il la suivit pourtant des yeux jusqu'à une cannaie au bord de l'eau.

— Le visage de cette fille ne m'est pas inconnu, dit-il à son collègue. Je me demande si je n'ai pas déjà rencontré cette hirondelle au palais. Que vient-elle faire seule dans ces roseaux ?

— Bah, elle cherche peut-être à séduire un crocodile ! répondit l'autre avant d'éclater de rire.

5

NAUCRATIS

Tirya se laissa tomber sur la berge du canal et plongea ses pieds dans l'eau sans même retirer ses sandales. Elle était épuisée. Elle avait déjà fait plusieurs fois le trajet de Saïs à Naucratis[1] auparavant, mais c'était sur le char de son père, et le temps de parcours lui avait paru assez court ; or, là, elle traversait la forêt de papyrus, et de nuit ! Heureusement, la pleine lune dispensait une clarté laiteuse qui bleuissait les touffes et les cannes, et permettait de distinguer la trace plus claire du chemin qui reliait les deux villes. Tirya veillait cependant à ne pas s'en approcher car elle redoutait le passage d'un char ou de la patrouille chargée d'assurer la sécurité de la piste. « Pourvu que mon père soit encore à Naucratis, espérait-elle. J'embarquerai avec lui, et il saura déjouer ce qui se trame autour de lui. »

Tirya perçut tout à coup une présence dans l'eau. Non pas née d'un plongeon ni de rides courant à la surface, mais plutôt d'une remontée des profondeurs. « Si tu es poisson, je t'attrape, » se dit-elle. Elle eut pourtant le réflexe de retirer ses pieds de l'eau. L'attaque fut si rapide, si brutale, qu'elle en perdit le

1. Les deux villes sont distantes de 15 km.

souffle. Une gueule happa le bas de sa robe, tira pour faire culbuter la jeune fille dans le canal. Le fin tissu se déchira. Déséquilibrée, Tirya n'évita la chute dans le flot que par un formidable déhanchement. Elle tomba sur la berge, roula sur le flanc tandis que claquait près de son bras un deuxième coup de mâchoires. Il y eut un froissement d'eau, semblable à un gargouillement, puis le silence glaça à nouveau la nuit. La bête avait-elle regagné le fond limoneux ? Guettait-elle, tapie dans les herbes grasses de la rive ? Ressortait-elle plus loin pour surprendre sa proie par un autre côté ? Tirya ne s'éternisa pas. Avec le petit couteau qu'elle portait toujours sous sa ceinture, elle coupa sa robe au niveau des genoux, et reprit sa progression à travers les papyrus.

Elle dépassa plus tard une hutte de pêcheur, puis un îlot de cabanes paysannes perchées au milieu des champs. La forêt de papyrus s'éclaircissait, ouvrant l'espace aux cultures. Des points rouges brillaient au loin, étirés le long d'une barrière sombre : les feux des sentinelles sur les remparts de la ville. Tirya s'arrêta. Elle comptait entrer dans Naucratis de la même manière qu'elle avait quitté Saïs : en se faufilant parmi des paysannes. Avec ses bras et ses jambes maculés de boue, ses cheveux défaits, sa robe salie, elle ne risquait plus de passer pour une princesse. Elle patienta jusqu'à l'aube en cueillant des brassées de fleurs de lotus pour donner l'illusion aux gardes, le lendemain, qu'elle allait les vendre au marché.

Puis le jour se leva enfin...

Située sur la rive gauche du canal, Naucratis s'éveillait aux rayons de Râ salués par le chant des prêtres. À côté de la ville égyptienne groupée autour du temple d'Isis, des marchands grecs avaient édifié un quartier, aménagé un port — l'emporion — et élevé des sanctuaires à leurs divinités.

Tirya suivit les paysannes jusqu'à la place du marché, puis elle s'engouffra dans une ruelle, traversa le quartier égyptien et se dirigea vers l'agora ombragée par des arbres. Nombre de commerçants et d'artisans y proposaient déjà des produits divers. Ils étaient séparés par des claies et présentaient des marchandises rapportées de Grèce ou des colonies : du bois de Thrace, des olives, des amphores pleines d'huile, du vermillon provenant de l'île de Kéos, des vases d'Athènes, des armes en bronze sorties des ateliers de Sparte... L'air matinal vibrait des criées et s'alourdissait d'odeurs piquantes, entêtantes. Tirya espérait encore découvrir quelques mercenaires de son père venus compléter le ravitaillement avant leur départ, mais elle ne vit qu'une foule de civils qui flânaient. Une main l'attrapa soudain par sa robe.

— Hé, toi !

Elle tressaillit, se retourna, prête à se défendre.

— Tu as de jolies fleurs, remarqua l'homme assis sur le sol. J'ai besoin d'amadouer ma femme car je ne suis pas rentré de la nuit. Mais un banquet entre amis, ça ne se refuse pas, n'est-ce pas ? ajouta-t-il en quêtant l'approbation de la jeune fille. Combien en demandes-tu ?

Surprise, Tirya ne sut que répondre. L'homme vendait des petites lampes en terre cuite. Rien qui pût l'intéresser.

— Donne-moi ton chapeau !

Le Grec ouvrit des yeux étonnés. Avait-il bien entendu ? Il le lui fit répéter.

— C'est un chapeau d'homme, annonça-t-il avec un ton plein de suffisance, marquant là son refus.

— À ton aise ! dit Tirya en faisant mine de repartir. Ta mégère va te recevoir à coups de cuillère en bois.

— Attends, attends ! la rappela le bonhomme.

Il lui tendit son chapeau — une simple calotte de feutre sans rebord. Tirya lui donna sa brassée de fleurs, puis elle noua ses cheveux en un chignon qu'elle fit disparaître sous le chapeau. Après quoi elle remonta l'agora en direction du port. Elle aurait bien voulu aussi troquer sa robe contre un chiton[2] afin de passer inaperçue, mais qui accepterait en échange son habit crotté et déchiré ? Ces Grecs allaient lui demander de les payer en drachmes, suivant leur étrange coutume ; or à part eux, personne n'utilisait de monnaie en Égypte.

Deux gros vaisseaux étaient amarrés au port. Des files d'hommes allaient et venaient sur les passerelles, pliés sous le poids des sacs de blé qu'ils entassaient dans les navires. Des appels claquaient, joyeux ou courroucés, selon qu'ils invitaient à rire ou à rectifier une manœuvre. Un troisième bateau amorçait son entrée dans le port en roulant sur sa quille, chargé d'énormes troncs de cèdre. Des entrepôts entouraient les bassins : c'est là qu'on stockait

2. Vêtement porté par les deux sexes : c'est une tunique sans manche cousue d'un seul côté et fixée sur les épaules par des agrafes. Elle tient au corps au moyen d'une ceinture.

les marchandises destinées à l'exportation vers la Grèce, ainsi que celles qui arrivaient de la Méditerranée et qui attendaient d'être redistribuées sur l'agora. Une senteur marine que les navires avaient ramenée du large dans leurs voiles, flottait sur l'emporion.

La déception de Tirya était immense : son père était déjà parti avec ses Hommes de Bronze. Elle laissa filer l'air de sa poitrine, la vidant complètement, puis elle inspira d'un coup pour débloquer la boule qui obturait sa gorge. Que faire désormais ? Comment prévenir son père du danger qui le menaçait ? Lorsqu'il ferait sa jonction avec l'armée de Pharaon, les soldats s'empareraient de lui, l'assassineraient peut-être... Tirya se sentit broyée de l'intérieur. On pouvait bien l'arrêter à présent, elle s'en moquait. Tout était fini ! Séparée de son père, elle terminerait servante d'une dame quelconque. Tirya ferma les yeux, se vit au service de Ninétis. Une image enfla dans sa tête : Ninétis au sourire de chacal, Ninétis aux phrases acides, Ninétis prenait plaisir à la brimer, à piétiner son honneur, à la rabaisser au rang d'une porteuse d'eau.

— Ah ! cria Tirya en projetant son visage en avant, comme pour mordre.

Le bateau chargé de troncs de cèdre approcha du quai. Voile repliée, les marins le maniaient prudemment à la rame. Ils relevèrent tous ensemble les avirons lorsqu'il s'accola à l'appontement. Alors des hommes à terre s'empressèrent de l'amarrer, puis montèrent à bord pour procéder à son déchargement. De nombreuses équipes s'activaient autour des bassins. Leurs discussions en plusieurs langues créaient une cacophonie un peu étourdissante, une sorte de bourdonnement continu qui était comme la respiration du port. L'endroit grouillait de monde, mais Tirya était seule. Les autres la voyaient-ils ? Existait-elle encore ? Elle avait l'impression que la vie s'était retirée d'elle, que le souffle qui l'animait s'était enfui vers le grand large en abandonnant sur place une carcasse desséchée. Pour un peu, elle aurait souhaité que des gardes la découvrent et la prennent en chasse. Mais mêmes eux l'ignoraient !

Elle quitta l'emporion, marcha dans la ville grecque, sans but, cherchant seulement à s'épuiser. Son errance la mena, par des rues à angle droit, vers un petit temple dédié à Aphrodite. Là, elle s'assit sur un muret, se prit la tête dans les mains et, penchée en avant, les coudes sur les genoux, elle laissa les pleurs secouer ses épaules, ébranler tout son corps. Les larmes coulaient sur ses joues, lourdes et rapides, s'infiltraient dans sa bouche. Elle en goûta la saveur amère. Tirya renifla, étouffa des sanglots silencieux sous ses doigts.

— Je dois réagir, hoqueta-t-elle. Ce n'est pas possible que tout se termine comme ça.

Elle sentit à ce moment qu'on l'observait, qu'un regard était posé sur elle, dans son dos, et ne la lâchait pas. Un espion d'Apriès ? Elle se retourna.

6

L'ÉPHÈBE

Un jeune Grec, reconnaissable à son teint clair et à ses vêtements, était adossé à une colonne du temple d'Aphrodite et la fixait intensément. Tirya fut rassurée, puis elle regarda ailleurs, l'ignorant complètement. Le jeune homme se déplaça, la contourna par la droite et alla s'asseoir sur une pierre de l'autre côté de la rue, face à elle.

— Qu'est-ce qu'il me veut ? marmonna Tirya.

Elle eut envie de partir, mais quelque chose la retint. Quelque chose d'indéfinissable, une sensation trouble qui annihilait tout mouvement. Elle releva la tête, rencontra son regard, lui fit une grimace. L'autre la lui rendit. Tirya baissa les yeux. D'habitude, cela suffisait à rabrouer l'importun. Celui-ci devait être complètement idiot. Elle enleva sa sandale, se mit à l'examiner. L'autre allait se lasser, retourner dans son trou. Le jeune Grec ne bougea pas. Alors elle se redressa, le dos bien droit, dans une attitude de défi, et lui tira la langue. Pour toute réponse, il lui fit un pied de nez, planta deux doigts dans ses narines — qu'il retroussa — et, avec son autre main, étira la peau sous ses yeux. Tirya réprima un sourire. « C'est un fou », se dit-elle. Elle haussa les épaules, l'ignora et réfléchit à sa situation : si elle choisissait de retourner à Saïs, elle tomberait dans les griffes d'Apriès. Elle n'avait pas de famille chez qui se réfugier, et les amis de son père s'étaient fait rares depuis que Pharaon avait laissé entendre qu'il pourrait se passer un jour ou l'autre des Hommes de Bronze. Certains ne voyaient déjà plus en Amasis qu'un général déchu. Tirya soupira. Elle essaya d'envisager une solution, mais sa réflexion fut perturbée par le regard qu'elle sentait toujours peser sur elle. La jeune fille avait l'impression que l'autre tentait de la pénétrer jusqu'au fond de son âme. Elle décida d'attaquer.

— Tu n'as jamais vu de fille ? lança-t-elle sur un ton rogue.

— Pas d'aussi belle que toi !

La réplique la déconcerta.

— Ah, fit-elle, perdant les mots qu'elle s'apprêtait à aiguiser.

L'éphèbe souriait. À peine plus âgé qu'elle, il avait la peau très blanche, les cheveux blonds et bouclés, le visage encore enfantin, mais on pouvait voir que ses traits commençaient déjà à se durcir un peu.

— Je m'appelle Hermès. Et toi ?

La voix était agréable, bien timbrée. Presque une voix d'homme.

— Tirya ! répondit-elle.

— Ta voix palpite comme une corde de harpe, déclara-t-il.

— Tu n'as pas l'oreille musicale, ou alors tu me ressors une phrase que tu sers à toutes les filles.

Hermès se leva, vint s'asseoir à côté d'elle sur la murette. Tirya remarqua qu'il avait les yeux bleus, de la couleur du Nil à sa décrue. Elle voulut parler mais il la devança :

— En général, une femme se cache pour pleurer. Toi, tu...

— Dans ton monde ! Moi, je pleure et je ris quand j'en ai envie ! C'est pour ça que tu gardais les yeux braqués sur moi ? reprit-elle avec une nuance d'hostilité dans le ton. Pour te repaître du malheur d'une fille ?

— Non, non, se défendit Hermès, gêné. Ta peine m'a fait mal. J'avais envie de t'aider.

— Drôle de façon de m'aider, avec des grimaces !

— C'est toi la première qui...

Il se tut, conscient de la puérilité de sa réplique.

— Je voulais te faire rire, rectifia-t-il. C'est une bonne manière de refouler son chagrin.

— Pour oublier ce qui m'arrive, il faudrait pour le moins que je me retrouve au milieu de la Méditerranée.

— Tu fuis quelqu'un ?

Tirya eut une brusque illumination.

— Tu es Grec ! Tu as sans doute un bateau ! Tes parents ou toi-même ne pourriez-vous m'emmener jusqu'à la côte cyrénaïque ?

— Mon père dirige un atelier de faïences. Quant à moi, je déteste la mer.

Tirya ouvrit de grands yeux. Elle s'écria :

— Un Grec qui n'aime pas la mer ? Je croyais qu'elle était votre patrie.

— Mes parents sont de Rhodes, mais moi je suis né à Naucratis. Je me sens autant égyptien que grec. Mon rêve est de remonter l'Égypte jusqu'en Nubie...

— Le mien est de respirer la mer, de me griser de son ressac sur les rochers...

— Escalader les dunes, plonger mes bras dans le sable chaud...

— M'étourdir d'immensité, d'une liberté sans horizon, d'un bleu noyé dans le bleu...

— Me reposer dans la fraîcheur d'une oasis, sous les rayons d'or filtrant entre les palmes...

Tirya lui donna un coup de coude.

— Hé, cesse de te perdre dans le désert ! Moi je te parle d'une réalité. Je dois rejoindre mon père avant que...

Elle s'arrêta soudain. Un grondement montait de la ville.

— Avant que quoi ? interrogea Hermès.

Ce ronflement, ce tonnerre de roues, Tirya le connaissait bien : c'était le bruit des chars !

Dès que Pharaon avait appris l'infamie dont s'était rendu coupable le général Amasis, il avait ordonné à Ramose de hâter le départ de la charrerie. Les fantassins suivraient plus tard. Il fallait à tout prix empêcher l'appareillage des vaisseaux de guerre et capturer Amasis. Si les Hommes de Bronze tentaient de résister pour protéger leur général, il convenait de les laisser sortir du port, mais de les bloquer en aval de la ville. L'attaque pourrait alors être déclenchée sans risque pour la population de Naucratis.

Ramose avait attendu que les derniers chars aient traversé le canal sur des bacs pour lancer sa troupe vers la ville, comme pour un assaut. Il ne ralentit l'allure qu'en atteignant les premières maisons du quartier égyptien, et c'est au pas qu'il dirigea ses chevaux dans les rues. Les gens se pressèrent contre les maisons pour leur livrer passage, étonnés d'un tel déploiement de forces. D'habitude, l'armée embarquait à Saïs pour les expéditions militaires en Syrie ou au Liban. Les artisans et les boutiquiers qui présentaient leurs marchandises sur des étals ou sur des nattes les retirèrent à la hâte pour éviter qu'ils ne soient piétinés. Les gamins, ravis, couraient à côté des chars en criant qu'ils étaient Ramsès le Grand et qu'ils réduiraient l'ennemi en poussière.

Les nobles se tenaient droits sur les chars, à côté des maîtres d'attelage qui guidaient leurs chevaux d'une main sûre et ferme. Toutes les bêtes portaient un panache de plumes, rouges, vertes ou bleues, selon les divisions du régiment, ainsi qu'un caparaçon[1] de feutre aux mêmes couleurs. Deux grands carquois étaient accrochés sur un flanc du char, l'un contenant l'arc triangulaire et les flèches, l'autre une dizaine de petites javelines. Un bouclier en bois ou en roseau tressé pendait de l'autre côté. En un instant, les rues se remplirent de poussière et d'une forte odeur de cheval et de cuir. Ramose accéléra l'allure en traversant la place du marché, puis il ramena ses bêtes au pas lorsqu'il aborda la ville grecque.

— Droit au port, dit-il au conducteur, comme ils approchaient du temple d'Aphrodite.

Tirya eut un mouvement de panique. Elle regarda autour d'elle où se cacher, fit le geste de s'élancer vers le temple d'Aphrodite. Hermès la retint par le bras.

— Seuls les prêtres ont le droit d'entrer dans le sanctuaire.

1. Housse qui recouvre le dos et les flancs du cheval.

Tirya se dégagea, descendit la rue pour trouver une venelle où s'engouffrer. Des enfants sortaient des maisons, se précipitaient vers l'avenue pour voir passer les chars. Les passants formaient des haies devant les maisons et échangeaient des commentaires.

— Ne cours pas, conseilla Hermès à Tirya, tu donnes l'impression de fuir. Il y a toujours quelqu'un qui, pour plaire à la police de Pharaon, peut aller raconter qu'il a aperçu une jeune voleuse...

— Je ne suis pas une voleuse ! trancha Tirya sur un ton outré.

— C'est pourtant ce que pensent ceux qui te regardent ! La peur se lit sur ton visage.

Tirya s'arrêta. Le fracas des roues enfla derrière eux. Des acclamations s'envolèrent.

— S'ils savaient où Apriès envoie ses troupes, c'est à coups de pierres que la foule les saluerait.

— Que veux-tu dire ?

— Rien, je me comprends.

Hermès lui attrapa brusquement la main.

— Viens chez moi ! Tu seras en sécurité chez mes parents.

Elle eut un hoquet de surprise.

— Mais... ?

Le martèlement des sabots abrégea son hésitation. Ramose était dans son dos, et il connaissait bien Tirya ! Elle suivit Hermès à travers la foule jusqu'à un atelier de faïences à l'entrée du port. Les chars passèrent...

7

LE GRAND CHOIX

Tirya et Hermès attendaient dans une cour intérieure dont trois côtés s'ornaient d'un portique à colonnettes, le quatrième étant constitué par le mur d'un atelier. La fabrique de faïences ouvrait d'un côté sur une deuxième courette au sol de terre battue comprenant trois gros fours, et, à la différence des pièces de la maison, elle donnait de l'autre côté de la rue.

— Je te présenterai à mon père plus tard, dit Hermès. Je l'entends qui houspille ses ouvriers. Laissons-le épuiser sa colère.

Tirya eut un faible sourire. Elle pensa à son père. Pourvu qu'il ait eu le temps de gagner la mer ! Elle ne savait même pas depuis quand il avait quitté le port. Si Ramose le rattrapait, que ferait Amasis ? Se battrait-il ? Se rendrait-il pour éviter un combat meurtrier ? Dans un cas comme dans l'autre, l'avenir paraissait bien sombre à la jeune Égyptienne.

— Qu'est-ce qu'on attend ? demanda-t-elle.

— Qu'Adonis nous accueille.

— C'est ton père ?

— Non, répondit Hermès. Mon père s'appelle Lysias, je t'ai dit qu'on le verrait plus tard. Adonis est un serviteur. Il va venir nous laver les pieds.

Tirya jeta un œil sur ses pieds. Ils étaient noirs

de boue. Le rouge lui monta aux joues. De quoi avait-elle l'air ? « Pourquoi est-ce que je m'éternise ici ? réfléchit-elle. Les chars ont dû quitter la ville. Ils vont remonter le canal et se diriger ensuite vers Cyrène. Pourquoi cet Hermès a-t-il choisi de m'aider ? Est-ce que je peux lui faire confiance ? »

Un enfant nu arriva avec une jarre remplie d'eau et deux flacons qu'il serrait sous ses aisselles. Il s'empressa de laver les pieds de son maître.

— C'est un tout jeune garçon ! s'étonna Tirya. Je m'imaginai un vieillard tordu et bourré de rhumatismes.

Elle posa enfin la question qui la tenaillait.

— Pourquoi avoir pris le risque de m'aider ?

— Parce que tu es belle.

Il mentait, elle le savait. Ce n'était pas une réponse, plutôt une échappatoire. Et puis comment pouvait-il la trouver belle alors qu'elle avait tout d'une souillon ? « Je dois me méfier, pensa-t-elle. Je ne sais pas d'où il sort ni ce qu'il me veut, mais s'il espère m'attendrir avec ses mots de miel, il se trompe. » Elle s'appuya sur l'épaule d'Adonis lorsqu'il se pencha devant elle, puis leva un pied.

« D'où vient cette fille ? s'interrogeait Hermès pendant que l'enfant frictionnait le pied de Tirya. Elle n'est pas de Naucratis, je l'aurais déjà vue. Ses mains ne sont pas celles d'une fille du peuple, son vêtement est sale mais de lin fin, et son maintien est celui d'une reine. Elle fuyait devant l'armée. Serait-ce une des filles de Pharaon ? Peut-être s'est-elle sauvée du palais parce que son père la destine à un prince syrien ou au roi de Babylone... Une princesse ! » Hermès en frissonna de joie.

« Qu'est-ce qu'il a à m'observer de la sorte ? ruminait Tirya. Ses yeux brillent, et il ne peut plus s'empêcher de sourire. Ce n'est quand même pas l'eau parfumée qu'Adonis lui a versée sur les chevilles qui lui monte à la tête ? »

— Ne bouge pas, dit l'enfant, je vais te masser les pieds avec un mélange d'huiles aromatisées, de myrrhe et de cinnamome. Cela va t'assouplir la peau.

Adonis déboucha ses fioles, versa quelques gouttes dans sa paume, puis il s'appliqua à frotter l'un après l'autre les pieds et les chevilles de Tirya. Pendant un court moment, la jeune fille oublia le regard insistant d'Hermès ; elle se laissa envahir par un bien-être qui l'apaisa et lui provoqua de délicieux frissons jusque derrière la nuque. Elle ferma les yeux, se rappela les caresses de sa mère, étant petite. Lorsqu'elle les rouvrit, une femme se tenait devant elle, vêtue d'une longue tunique de la couleur du désert. Hermès les présenta l'une à l'autre.

— Despina, ma mère... Tirya...

Pour expliquer la présence de la jeune Égyptienne, il jugea bon d'ajouter :

— J'ai trouvé cette jeune fille si désemparée que j'ai décidé de lui venir en aide. Elle avait l'air d'une oiselette échappée des marais, mais elle vient probablement de Saïs.

Tirya le transperça du regard. Comment avait-il deviné ?

— Les autres villes sont trop loin, expliqua-t-il. Tu n'as pas l'aspect de quelqu'un qui a passé plusieurs jours dans les marécages.

— Tirya est cependant épuisée, releva Despina.

Elle lui posa une main sur l'épaule.

— Viens te restaurer, lui proposa-t-elle. Je vais aussi faire préparer un lit et tu pourras te reposer. Je te donnerai ensuite un chiton pour remplacer ta robe déchirée.

— Je ne peux pas rester. Mon père est en danger.

Tirya se mordit les lèvres d'avoir parlé trop vite. Elle baissa la tête pour éviter le regard interrogateur de ses hôtes. Despina eut la délicatesse de ne rien lui demander et la conduisit dans la salle à manger aux murs blanchis à la chaux. Un vieil homme s'activait au four tandis que deux servantes achevaient la préparation de galettes de froment. Tirya vit que les poutres du plafond qui se trouvaient juste au-dessus du foyer étaient noires de suie.

— Qu'on apporte à manger ! ordonna la maîtresse de maison.

Les deux servantes s'éclipsèrent à l'instant ; Tirya en profita pour se laver les mains et le visage. Elles revinrent du cellier avec une petite table circulaire garnie de pains, d'une cruche de lait de chèvre, de fromages et de fruits secs. Tirya s'assit sur un trépied en bois et commença à manger. Elle sentait qu'Hermès et sa mère brûlaient de lui poser des questions mais qu'ils se retenaient par politesse. L'éphèbe taquinait du doigt une belette apprivoisée dont la tâche consistait à chasser les souris ; Despina bousculait le vieux cuisinier pour qu'il se hâte d'enfourner les galettes. Du coin de l'œil, Tirya surprit une mimique de Despina adressée à son fils, et qui signifiait clairement : « Qui est cette fille ? Pourquoi l'as-tu amenée ici ? » Hermès se pencha vers sa mère, lui murmura quelque chose à l'oreille. La femme eut un hoquet de surprise, son expression changea, et elle décocha à Tirya un sourire rayonnant empreint d'une certaine déférence. « Qu'a-t-il bien pu lui dire ? se demanda Tirya. C'est tout juste si elle ne s'incline pas devant moi. »

— Mon père est le général Amasis, annonça-t-elle pour couper court à tout malentendu. Il commande les Hommes de Bronze cantonnés à Naucratis.

— J'ai entendu parler de lui, indiqua Hermès d'une voix teintée d'une pointe de déconvenue, un peu déçu de ne pas voir son hypothèse se confirmer. Les soldats ont embarqué hier au soir et les navires ont appareillé aussitôt. Un tel empressement a été perçu comme un signe évident de guerre, confirmé par le passage des chars. Mais où l'armée se dirige-t-elle ? Ce n'est pas le chemin habituel pour se rendre en Syrie ou en Chaldée[1].

Comme Tirya ne répondait pas, peu désireuse d'annoncer que l'Égypte allait combattre des Grecs, Hermès renchérit :

— Tu voulais rejoindre ton père... Mais quel plus grand péril que d'être exposée aux flèches de l'ennemi ?

— Celui de subir des coups en traître. Mon père a déjà atteint la mer, n'est-ce pas ?

Bien que sachant qu'avec une nuit d'avance sur les chars, les navires avaient dû dépasser la côte, la jeune fille avait besoin d'être rassurée.

— Oui... oui, ânonna Hermès, se demandant soudain si les chars n'étaient pas lancés à la poursuite d'Amasis.

1. Région comprenant la Babylonie et la Mésopotamie.

La vérité lui éclata alors à l'esprit.

— Tu cherchais à prévenir ton père d'un danger ! Voilà pourquoi tu as quitté Saïs de nuit et que tu as traversé les marais. Je comprends mieux pourquoi tu fuyais la charrerie.

Tirya avala son morceau de fromage avec difficulté. Hermès avait une étonnante faculté de déduction. Elle comprit qu'elle ne pouvait plus se taire. Mais ses hôtes réagiraient-ils en amis ou en ennemis ? Elle releva la tête, regarda tour à tour l'éphèbe et sa mère, bien en face.

— Je vais tout vous raconter.

Tirya attendit que Despina eût fait sortir les deux servantes et le vieux cuisinier puis elle se lança dans son explication. Lorsqu'elle eut terminé, Hermès s'assit à côté d'elle, tout excité.

— Les seuls éléments dont nous disposons sont à Thèbes, conclut-il d'une voix de conspirateur pour donner encore plus d'épaisseur à l'affaire. Il faudrait interroger les deux voleurs, Djet et Nekab.

— Ce ne sont que des exécutants.

— Quelqu'un s'est fait passer pour ton père auprès d'eux, mais il n'avait sûrement pas sa tête. Il suffirait de les confronter et...

— L'homme qui les a contactés devait être un intermédiaire. C'est ce qu'il a sans doute prétendu. J'ai bien peur que l'instigateur de cette machination se soit entouré de toutes les précautions pour qu'on ne remonte jamais jusqu'à lui.

— Quand il y a des complices, il y a toujours des failles.

— Il faut prévenir mon père, dit Tirya. Qu'il se mette à l'abri !

— C'est impossible, répondit le jeune homme. Les chars contrôlent certainement la navigation sur le canal, et ils vont étendre leur surveillance jusqu'à la mer.

— Avec un navire marchand...

Tirya ne termina pas sa phrase. Elle réfléchit, se convainquit que la meilleure façon d'aider son père était de démontrer son innocence. Si Amasis était capturé, Pharaon attendrait certainement la fin du conflit pour le faire juger par une kenebet rassemblant les hauts dignitaires et les généraux. Cela laissait le temps à la jeune fille de mener son enquête.

— Je vais suivre ton conseil, déclara-t-elle à Hermès. C'est à Thèbes que se trouve l'un des bouts de l'écheveau. Je vais m'y rendre pour tenter de le démêler. Mais avant, j'aimerais me reposer, ajouta-t-elle en souriant à Despina.

Embusquée derrière les barreaux en bois de sa fenêtre, à l'étage, Tirya surveillait les mouvements dans la cour. Si Hermès, sa mère ou l'un des serviteurs sortait précipitamment dans la rue, ce serait sans doute pour aller la trahir. Adonis était debout près du puits, à l'angle de la cour, et remplissait sa cruche. Tirya patienta encore un moment, surprit quelques paroles entre Despina et ses servantes, le claquement d'un coffre qu'on referme... Elle se laissa alors tomber sur le lit, un simple cadre de bois, avec des sangles, recouvert d'une natte de roseaux.

— Je crois que je peux leur faire confiance, murmura-t-elle en étouffant un bâillement.

Ses paupières se fermèrent toutes seules, et elle s'endormit d'un bloc.

Ce furent les bruits du repas qui la réveillèrent au milieu de la journée. Elle découvrit une draperie bleue pliée sur une chaise, ainsi qu'une broche et une ceinture. À peine Tirya eut-elle retiré sa tunique de lin que la porte s'ouvrit dans son dos. Une servante apparut avec une cruche d'eau qu'elle versa dans une vasque.

— Je vais te laver les cheveux et te coiffer, annonça-t-elle.

— J'aimerais aussi que tu m'apprennes comment on porte ces vêtements, demanda Tirya en riant.

C'est une jeune fille habillée d'un chiton court, sans manches, et d'une sur-tunique plus longue, au tissu fin, qui se présenta bientôt dans la salle à manger. Elle avait noué ses cheveux en chignon, à l'exception de deux mèches bouclées qui lui tombaient librement de chaque côté du visage.

— Voici donc ta nouvelle conquête, murmura Lysias en se penchant vers son fils. Par Zeus, c'est un joli brin de fille !

L'homme était installé sur un divan, le coude gauche appuyé sur un coussin. Hermès et sa mère étaient assis sur des tabourets, en face de lui. Tirya remarqua que le jeune homme l'admirait avec des yeux brillants, remplis d'étoiles, comme s'il la découvrait une nouvelle fois.

— Sois la bienvenue sous mon toit ! Mon fils m'a raconté tes malheurs, mais que cela ne te gâche pas l'appétit ! Il faut prendre des forces pour supporter l'adversité. Assieds-toi et partage notre repas.

Tirya s'assit sans un mot, espérant que son histoire n'avait pas fait le tour de l'atelier, auquel cas elle pouvait s'attendre à l'irruption imminente des hommes d'armes de Pharaon.

— Je n'étais encore jamais entrée dans une maison grecque, avoua-t-elle pour dire quelque chose.

— Sont-elles si différentes des maisons égyptiennes ? demanda Lysias en l'invitant à se servir dans le plat déposé entre eux sur une table basse.

Tirya prit une caille rôtie, détacha les deux pilons et les suça consciencieusement avant de déclarer :

— Ce sont les coutumes qui sont différentes : cette façon de manger moitié assis moitié couché, l'habitude qu'ont les femmes de rester enfermées dans la maison, d'être soumises à leur mari...

Lysias éclata d'un grand rire, franc et sonore.

— Tu en connais des choses pour qui vient la première fois !

— Mon père m'a informée.

— Je suis désolé de ce qui lui arrive, dit l'homme en changeant de ton et en se composant une mine plus grave. Des officiers égyptiens contrôlent l'emporion depuis ce matin. Tous les navires sont maintenus à quai pour une durée de trois jours. On peut entrer au port mais non plus le quitter. Tu ne peux pas rejoindre ton père par la voie des eaux. Quant aux chemins de terre, ils me paraissent trop dangereux : des chars doivent patrouiller sur toutes les pistes. S'il parvient à te capturer, Apriès obtiendra aussitôt la reddition de son général.

— Mon père ne sait même pas qu'on veut l'arrêter.

— Il n'enverra donc personne pour te protéger. Raison de plus pour rester à l'abri dans cette maison.

— Il n'est pas question que je m'enterre ici, se rebiffa Tirya.

Elle se radoucit tout de suite, consciente qu'elle venait de froisser ses hôtes.

— Pourquoi m'aideriez-vous ? C'est prendre beaucoup de risques.

Lysias suça ses doigts. Despina essuya les siens sur de la mie de pain.

— Mon fils t'a amenée sous mon toit. Ce faisant, il t'a placée sous la protection d'Hestia. Je serais un parjure si je ne t'accordais pas l'hospitalité.

— Je vous remercie, Lysias, mais je dois repartir. L'honneur et la vie de mon père dépendent de moi.

— Tu as raison, Tirya, et je t'accompagne !

L'annonce d'Hermès fut suivie d'un bref silence. Les regards se fixèrent sur lui, stupéfaits.

— Toi ? railla son père. Toi qui ne peux pas tenir deux fioles sans les renverser ? Toi qui fais ma désolation parce que tu es incapable de fabriquer la moindre faïence, à tel point que je serai obligé de vendre mon atelier à un étranger plutôt que de le céder à mon propre fils ?

Il se tourna vers Tirya et poursuivit :

— Ne t'encombre pas d'un aède[2] ! Non content de chanter, Hermès passe ses nuits à composer ses propres vers. Le temps d'Homère est terminé ! assena-t-il en frappant du poing sur la table. Je ne connais point de poètes qui, en guise de toit, aient pu s'offrir autre chose qu'un tonneau.

2. Poète qui chante la geste des héros.

— Puisque je suis inutile ici, pourquoi t'opposes-tu à mon départ ? insista Hermès.

— Parce que... parce que... parce que tu es un incapable en tout !

Tirya sourit. Si Lysias réagissait si violemment, c'était parce qu'il aimait son fils et craignait pour lui quelque danger. Hermès ne serait sans doute d'aucun secours à la jeune fille, mais sa présence serait néanmoins rassurante. À deux, l'aventure semblerait moins pesante.

— Je vais me rendre à Thèbes et demander audience au maire Oumentep, déclara Tirya. C'est lui qui a instruit toute l'affaire. On me cherche dans le Nord, les routes du Sud me sont ouvertes. Et qui s'imaginera que je me cache sous un habit grec ? C'est avec grand plaisir que j'aurais accepté le soutien de votre fils, mais je comprends fort bien que vous vouliez le garder auprès de vous pour le préserver de tout danger.

La réaction de Lysias fut immédiate. Il étouffa d'abord, recracha le bout de figue qu'il mâchait, et s'écria, le visage empourpré :

— Par tous les dieux de l'Olympe, je n'ai pas conçu un garçon pour qu'il s'étiole entre quatre murs !

Il se tourna vers Hermès.

— Pars donc, mauvais fils, mais l'aventure te ramènera très vite à la maison ! Peut-être comprendras-tu alors qu'il vaut mieux travailler à la fabrique que de sillonner les routes d'Égypte !

Despina ne desserra pas les lèvres. Elle jeta à Tirya un regard où se lisait à la fois son inquiétude de se séparer de son enfant et l'espoir qu'il deviendrait un homme.

Après le repas, Lysias s'empressa de disparaître dans son atelier, au milieu de ses ouvriers. Despina ordonna au vieux cuisinier de préparer un sac de victuailles et une outre d'eau, puis elle retrouva les deux jeunes gens dans la cour. Une statuette d'Apollon, dieu protecteur des voyageurs, nichait dans une alvéole, près de l'entrée. Hermès déposa une coupelle de vin et un morceau de pain à ses pieds, afin que le dieu épanche leur soif et apaise leur faim en tout lieu et à tout moment. Tirya eut une pensée pour le dieu Min, protecteur des pistes du désert. Despina embrassa son fils.

— Veillez bien l'un sur l'autre, leur recommanda-t-elle. Si tu te rends comptes que toutes tes démarches échouent, reprit-elle en parlant à Tirya, ne t'entête pas, reviens à Naucratis. Notre maison sera la tienne.

Tirya lui en sut gré. Despina l'embrassa, puis elle referma la porte derrière eux et s'en alla essuyer ses larmes dans sa chambre.

— Hermès !

L'éphèbe se retourna. Son père l'attendait, debout dans l'encoignure de la porte de sa fabrique.

— Emporte ceci, dit-il en lui tendant un sac de cuir. J'y ai mis quelques lampes en faïence qui pourront te servir de pièces d'échange dans ce pays qui ne connaît pas l'usage de la monnaie. Allez voir un certain Mykonos à Memphis. Sa maison est à l'entrée du port, à gauche d'un dépôt de bandelettes de lin. Il vous hébergera pour une nuit et vous trouvera une place à bord d'un navire en partance pour Thèbes.

Il serra son fils très fort contre lui, pressa Tirya

contre son cœur. Hermès chargea le sac sur son épaule. Tirya et lui redescendirent la rue.

— Pourquoi as-tu décidé de venir avec moi ? demanda-t-elle tout à coup.

— L'ennui me rongeait. J'avais envie de voyage. Je déteste la mer, tu le sais. Avec toi, je vais découvrir l'immensité des déserts, les rubans d'oasis, les falaises rouges de la Haute-Égypte.

— Réveille-toi ! fit-elle en le pinçant. Des tueurs sont peut-être lancés à mes trousses.

Hermès n'en crut pas un mot. Il continua :

— Je composerai des vers, j'évoquerai les fumées de sable, le vent brûlant...

— C'est tout ? coupa Tirya.

— Comment ça, c'est tout ? Je chanterai aussi les longues files de caravanes à l'horizon, les...

— Je veux dire : tu ne m'accompagnes que pour te griser de nouveaux paysages ?

Comme il tardait à répondre, elle insista :

— Est-ce vraiment la seule raison ?

Hermès baissa la tête.

— Je... je veux aussi montrer à mes parents que je suis apte à me conduire en homme, que la poésie ne m'a pas transformé en oison timoré.

Tirya n'était pas satisfaite de la réponse.

— Cherche bien au fond de toi. Je suis sûre qu'il s'y cache encore quelque chose.

— Je crois aussi que j'ai besoin de me le prouver à moi-même, reconnut-il d'une voix plus sourde.

Tirya tenta de le pousser dans ses derniers retranchements.

— Ne retiens pas tes mots. Je les sens qui te collent encore au palais.

Hermès comprit enfin où elle voulait en venir.

— Je ne vois rien d'autre, conclut-il en se forçant à ne pas sourire.

« Quelle tête de pioche ! pesta Tirya. Il a peur de se brûler la langue en avouant que c'est pour moi qu'il est prêt à affronter maintes épreuves. » Elle avait tant besoin de tendresse, de savoir qu'elle comptait pour quelqu'un, afin d'étouffer l'angoisse qu'elle sentait poindre à cet instant...

8

LES HOMMES DE BRONZE

Le général Amasis fut soulagé lorsque les six navires de guerre transportant les Hommes de Bronze sortirent du canal après avoir dépassé la ville de Pegwti[1]. La mer libre s'offrait enfin à eux. Jusqu'au dernier moment, Amasis avait craint d'apercevoir un char lancé au galop dont l'occupant lui intimerait l'ordre de retourner à Naucratis et de disperser ses mercenaires grecs. Pharaon avait certes permis le départ, mais il était prompt à changer d'avis, surtout si quelque langue habile s'activait à le convaincre d'agir de la sorte.

Mus à la rame, les lourds vaisseaux prirent la vague de face.

— Cap à l'ouest ! commanda Amasis.

Le capitaine du bateau de tête s'apprêtait à répéter l'injonction quand il tiqua.

— Vous voulez dire au nord-est, général.

— C'est toi qui mènes l'expédition ? grogna Amasis en lui décochant un regard noir.

L'homme bredouilla une excuse puis il cria l'ordre de virer à tribord aux quatre timoniers ins-

1. Plus tard Canope, au nord-est d'Alexandrie.

tallés aux gouvernails latéraux. Le brusque changement de direction provoqua un murmure étonné parmi les soldats. Un officier grec du nom de Ménélas se présenta immédiatement auprès du général Amasis.

— Ne faisons-nous pas fausse route? demanda-t-il.

— Nous n'allons pas à Tyr comme je l'ai annoncé, mais à Cyrène.

— À Cyrène? Mais ne devions-nous pas débarquer en Phénicie pour mener une campagne d'intimidation afin de briser les rêves de conquêtes du roi de Babylone?

— Pharaon a choisi de porter ses coups ailleurs.

Ménélas resta sans voix. Il ouvrit des yeux ronds, balbutia :

— Mais... mais Cyrène est une colonie grecque!

— Les Libyens veulent se débarrasser de la présence grecque en Cyrénaïque. Apriès va leur apporter son soutien car il espère en retour qu'ils cesseront d'agresser continuellement l'Égypte.

— Croit-il? rétorqua Ménélas en étouffant de colère. Les Libyens vont se retourner contre lui dès que Cyrène aura été rasée. Et toi tu n'hésites pas à nous envoyer égorger nos frères!

— J'ai promis à Pharaon d'agir pour le bien de mon pays, déclara Amasis en regardant son subalterne bien en face. Cela ne signifie pas pour autant que je veuille bâtir une paix sur les cendres d'une ville.

— Je ne comprends pas. Pourquoi avoir parlé de Tyr au moment de l'embarquement? Pourquoi ne pas nous avoir révélé le but réel de l'expédition?

— Si je l'avais fait, nous aurions perdu du temps dans d'inutiles discussions, et vous auriez tous refusé de partir. Pharaon aurait saisi ce prétexte pour dissoudre son corps de mercenaires. Alors j'ai évoqué la menace de Babylone...

Des sons de trompes montèrent des autres navires : les équipages et les Hommes de Bronze s'interrogeaient sur leur destination.

— Il faut parler aux hommes, décréta Ménélas. Si nous poursuivons sans rien leur expliquer, ils risquent de se mutiner et de retourner à Naucratis. Si Pharaon les traite alors en ennemis, ils s'empareront de ses navires et deviendront pirates en Méditerranée. Pour se venger, ils n'hésiteront pas à pousser leurs incursions dans le Delta et à saccager Saïs.

Les mercenaires s'étaient levés. L'un d'eux cria aux rameurs de redresser les avirons. Les autres l'approuvèrent en affirmant qu'il fallait arrêter la course du vaisseau tant qu'on ne connaîtrait pas le but exact de l'opération. Les rameurs cessèrent de piocher l'eau. Amasis se planta devant ses hommes, poings sur les hanches, et toisa le premier rang, mais cela ne suffit pas à éteindre les rumeurs. Les Hommes de Bronze avaient revêtu une cuirasse sans manches s'arrêtant à la ceinture. Des cnémides — des jambières — les protégeaient du genou à la cheville, et certains s'étaient coiffés du casque à panache, comme s'ils s'apprêtaient au combat. Tous portaient un glaive au côté, dans un fourreau de cuir, et un bouclier rond fixé sur l'épaule, au milieu duquel figurait l'hirondelle noire. Des lances en bois de frêne, à pique métallique, longues de huit coudées, étaient rangées au pied des rameurs. Amasis éprouva un sentiment de fierté à commander à de tels guerriers. Il éleva les deux mains, réclamant le silence. Il rappela d'abord que tous ses hommes s'étaient engagés par serment à servir l'Égypte, et qu'ils recevaient vêtements et nourriture en échange, à quoi il fallait ajouter nombre d'avantages que ne percevait pas l'armée indigène.

— Nous voulons savoir où nous allons, gronda un barbu. Et qui seront nos adversaires.

— Babylone est derrière nous, appuya celui qui se tenait à côté de lui.

— Nous aborderons à un jour de marche d'Apollonia, le port de Cyrène. C'est à cet endroit que nous ferons la jonction avec la charrerie de Ramose. Puis nous attendrons les fantassins d'Apriès.

— Pharaon a l'intention d'attaquer Cyrène ?

Le silence d'Amasis fut éloquent. Les Hommes de Bronze comprirent tout de suite qu'ils partaient livrer bataille à d'autres Grecs. Beaucoup refusèrent de continuer. En signe de protestation, ils défirent la courroie qui maintenait leur bouclier sur l'épaule, et laissèrent tomber ce dernier sur les planches. Quelques-uns exigèrent de l'or pour poursuivre l'expédition.

— Vous devez obéissance à Pharaon ! tonna le général.

Un sous-officier demanda la parole.

— Tant qu'il s'agissait de défendre l'Égypte contre les Hittites, les Assyriens ou les troupes de Babylone, Pharaon pouvait compter sur nos bras. Là, nous allons attaquer des gens qui ne nous menacent pas et dont il est difficile de prétendre qu'ils sont nos ennemis.

— J'obéis moi-même à Pharaon, rétorqua Amasis, ce qui n'implique pas que je suis d'accord avec lui. Je n'ai pas plus envie que vous de tuer des colons, mais ce n'est pas en retournant au port que nous saurons nous rendre utiles. Si vous vous opposez à lui, Apriès risque de s'en prendre à toute la communauté grecque de Naucratis.

— Il faut changer de Pharaon, émit une voix mal assurée.

Amasis fit semblant de n'avoir pas entendu. Il conclut :

— Débarquons à Apollonia, marchons sur Cyrène. Une fois sur place, nous verrons comment agir pour éviter le massacre.

— Avec les chars de Ramose sur nos flancs et les archers sur nos talons, nous n'aurons guère le choix de nos mouvements, répliqua Ménélas.

— Soit ! Que ceux qui me font confiance rattachent leur bouclier à l'épaule ! Quant aux autres, qu'ils sautent par-dessus bord et nagent jusqu'en Grèce ! acheva le général en tendant le bras vers la mer.

— Qu'en pense le devin[2] ? demanda Ménélas à un homme habillé avec des peaux de chèvre, qui suivait la scène assis sur le bordage.

— Qu'il est mal aisé de nager avec un équipement de bronze, admit-il. Le bouclier est bien mieux sur l'épaule qu'au fond de l'eau.

Un Homme de Bronze se baissa, ramassa son bouclier, l'assujettit à son épaule. Un autre l'imita.

2. Les soldats grecs sont toujours accompagnés par un devin. Nulle décision ne se prend sans son avis.

Trois autres encore. Puis toute la troupe. Les mercenaires se rassirent.

Une nouvelle sonnerie de trompes ! Les cinq autres navires s'étaient déployés en éventail autour du vaisseau d'Amasis, et les guerriers hélaient leurs compagnons pour s'enquérir de ce qui se passait. Ménélas donna de rapides explications à l'officier du navire le plus proche, lequel transmit les renseignements au suivant, et ainsi de suite jusqu'au dernier. Les hommes grognèrent, mais pas un navire ne resta à la traîne quand Amasis donna l'ordre au joueur de flûte de relancer la cadence de rame.

Le lendemain, l'attention d'Amasis fut attirée par un nuage de poussière provenant de la côte toute proche. Bientôt, une ligne de chars apparut, qui se mit à longer les rochers surplombant la mer.

— C'est Ramose, grommela Ménélas. Il a dû forcer ses bêtes pour nous rattraper. S'il soutient son allure, il sera à Cyrène dans moins de dix jours.

— Il aura crevé ses chevaux avant. Sans ses chars, il se fera alors enfoncer par les pillards des sables qui nichent toujours entre les dunes.

— Je ne comprends pas pourquoi il a choisi de remonter vers la côte, reprit Ménélas. Ce n'est pas le trajet le plus court.

Amasis se posait la même question. Ramose avait-il décidé sur un coup de tête de suivre une voie parallèle à la mer ou obéissait-il à un ordre de Pharaon ? Les chars restèrent bien en vue. Des vaisseaux, on distinguait nettement les deux hommes debout dans chaque nacelle et les piques qui dépassaient des carquois.

— Ils ralentissent pour se maintenir à notre niveau, commenta l'officier grec. Ils ont l'intention de nous accompagner comme ça jusqu'au bout ?

« Ils nous surveillent, pensa Amasis. Si Apriès a fait partir ses chars avant ses fantassins, c'est que quelque chose de grave est arrivé. Le départ précipité de Ramose ne présage rien de bon. C'est après nous qu'il en a. Pharaon a décidé de se passer de ses mercenaires. Ignorons les chars et continuons. »

— Où est le reste de l'armée ? poursuivit Ménélas comme s'il avait capté le raisonnement de son général. Pharaon a besoin de toutes ses troupes pour mener la guerre en Cyrénaïque. Il ne les fait quand même pas courir derrière sa charrerie ?

— Je ne sais pas.

La réponse surprit et déconcerta le Grec. Il s'était attendu à ce qu'Amasis lui fournisse une explication : Apriès avait réuni tout son état-major pour établir son plan de campagne, chaque général en connaissait le moindre détail... Une idée traversa alors l'esprit de Ménélas : Amasis détenait-il un secret tactique qu'il ne révélerait à ses mercenaires qu'au dernier moment ? Cela cachait-il encore quelque mystère ?

— Les Hommes de Bronze ne te pardonneraient pas si tu les trompais une nouvelle fois, avertit Ménélas.

— Obéissez-moi sans détour, et je vous promets richesses et gloire.

L'officier soutint le regard de son général puis, sans un mot, il alla s'installer à la proue, près du capitaine qui faisait sonder le fond pour éviter les récifs.

Les chars suivirent les bateaux durant toute la journée. À l'approche du soir, alors que la côte s'abaissait en une vaste dépression, Amasis donna l'ordre de gagner le large.

— Nous n'abordons pas, dit-il pour couper court aux murmures.

— Ramose va bien établir son camp, lui, protesta un sous-officier. Pourquoi ne profiterions-nous pas de feux et de viande rôtie ?

— Ramose dispose d'une mobilité qui nous fait défaut, déclara Amasis. Nous sommes tenus de protéger nos vaisseaux jusqu'à Apollonia. En cas de perte, vous seriez contraints de traverser le désert libyque en chauffant sous vos casques de bronze.

L'argument porta. Le capitaine pressa les quatre timoniers de gouverner au nord. Ménélas rejoignit Amasis sur la plate-forme de poupe.

— Tu agis comme si tu redoutais les soldats d'Apriès. Les hommes vont bientôt se poser des questions : faisons-nous partie de la même armée ? J'ai la nette impression que nous fuyons.

— Nous ne fuyons pas ! C'est l'attitude de Ramose qui est étrange. Il ne suit pas le plan initial. C'est à l'est d'Apollonia que nous devons opérer notre jonction, pas avant. Ce sont les ordres de Pharaon ! acheva Amasis d'un ton qui n'admettait pas de réplique.

Ménélas n'insista pas. Il se mit à regarder la côte, perplexe. « Si Pharaon a changé les données de son plan sans te prévenir, c'est que tu es tombé en disgrâce, songea-t-il. Que nous réserve-t-il alors ? Deviendrons-nous ses cibles sur le champ de bataille ? » Il coula un regard vers son général. « Est-ce que tu ne nous aurais pas fait embarquer si vite uniquement pour te cacher parmi nous ? Quelle faute as-tu commise ? »

Quand Ramose vit s'éloigner les navires, il frappa du poing la rambarde de son char. Amasis lui échappait. Il resta un moment sur la grève à observer la flottille qui s'amenuisait puis, d'un geste rageur, il tira sur les rênes pour retourner à son campement.

Après deux semaines de navigation sur une mer d'huile, Amasis ramena ses navires vers la côte. Les provisions touchaient à leur fin, et les hommes en avaient plus qu'assez de leur ration de lentilles bouillies, de poissons et d'oignons crus. Une bande de dauphins précédait les bateaux, bondissant dans les vagues, et des mouettes voletaient partout, agaçant les marins par leurs criailleries continuelles. Les Hommes de Bronze ajustèrent leur casque et saisirent leurs armes dès que les vaisseaux entamèrent leur manœuvre d'approche. Rames relevées, les navires vinrent s'échouer dans une langue de sable. Le littoral formait une petite cuvette entourée de collines. Une forêt de pins et de chênes verts — des yeuses crépues, couleur de fer — tapissait leurs sommets et leurs flancs.

— Ramose n'est pas au rendez-vous, remarqua Ménélas. À moins que, forçant ses chevaux, il n'ait dépassé l'endroit sans le voir.

Amasis ne renchérit pas sur la plaisanterie de son officier. Pendant que ses mercenaires aidaient les marins à tirer les navires sur la plage et à coincer des cales sous les coques pour les maintenir en équilibre, il monta sur une crête afin d'étudier les environs. Où la charrerie avait-elle établi son camp ? L'emplacement était pourtant favorable, bien abrité des regards, à une journée de marche d'Apollonia. Ménélas grimpa vers lui.

— Nous sommes prêts. Les capitaines et les marins vont attendre notre retour sur la plage.

— Qu'ils se mettent plutôt sous le couvert des arbres, rectifia Amasis. De là-bas, ils auront une vue plongeante sur la cuvette et sur la mer. Et qu'ils n'oublient surtout pas d'installer des sentinelles sur les collines ! Si un danger se présente, ce sera dans leur dos.

Ménélas courut avertir les six capitaines. Les Hommes de Bronze s'étaient rangés par colonnes de huit, le sac à provisions sur l'épaule, la lance et le bouclier à la main.

— Soldats ! les harangua Amasis du haut de son promontoire, nous allons prendre position dans les monts cyrénaïques jusqu'à ce que l'infanterie d'Apriès nous rejoigne. La charrerie a été retardée, mais je suis sûr qu'elle sera bientôt à nos côtés.

Le général vint se placer à la tête de ses hommes et donna le signal du départ. Ses officiers répétèrent l'ordre après lui puis la compagnie s'ébranla dans un grand cliquetis d'armures.

Ramose frémit d'aise : Amasis se jetait enfin dans son piège. Embusqués dans les collines, derrière les arbres et les taillis, les maîtres d'attelage guettaient son geste pour lancer leurs chars contre les Hommes de Bronze. Les chevaux s'ébrouèrent, las d'être réduits à l'immobilité.

— Tâche d'isoler Amasis, dit Ramose à Tefnekh, son aide de camp. Je ne blâmerai personne s'il est tué durant le combat.

— Ne vaudrait-il pas mieux lui demander de se rendre ?

— Ces hommes-là ne lâcheront jamais leur général. Il est temps de débarrasser l'Égypte de ces étrangers.

Les Grecs arrivaient au centre de la cuvette. Ramose eut un méchant sourire. Il leva le bras. Les fouets claquèrent.

9

LE CAMP DE OUADI HAMAMAT

— Que le feu d'Hadès me pèle le corps si je dois encore supporter cela longtemps !

— C'est ta nouvelle façon de chanter le désert ? s'esclaffa Tirya en entendant Hermès pester dans son dos.

— Je ne maudis pas le désert, mais cet âne qui vient à nouveau de m'arracher mon chapeau pour le manger.

Tirya était assise au bord de l'Ouadi Hamamat, un oued[1] temporairement à sec dont le tracé était souligné par un liséré d'arbustes sur ses deux rives. Sitôt débarquée à Thèbes, elle avait demandé à rencontrer le maire Oumentep, mais celui-ci était en tournée d'inspection dans la région : il fallait en effet contrôler les digues des canaux d'irrigation et vérifier que les greniers à blé regorgeaient de réserves en prévision de la prochaine crue du Nil. Plutôt que de patienter de longues journées en ville, Hermès avait proposé à la jeune fille d'aller interroger directement les deux voleurs d'éternité. Aussi avaient-ils conçu un plan aussi précis que hasardeux pour s'infiltrer parmi les condamnés.

1. Cours d'eau temporaire dans les régions arides.

— J'espère que les fellahs, les paysans de l'oasis, vont bien ravitailler le camp, rumina Tirya en relevant ses jambes contre sa poitrine et en les entourant de ses bras.

— L'Ouadi Hamamat est un ruban de terre sèche, rappela Hermès en venant s'asseoir près d'elle. Je doute que les gardes se laissent mourir de faim et de soif. Et puis s'ils veulent tenir leurs prisonniers au travail dans la mine, il faut qu'ils les nourrissent.

L'oasis était visible à l'ouest, frangé par des palmiers qui jetaient une touche de couleur sombre dans l'ocre des rocailles. Les arbres paraissaient flotter dans le lointain, tout comme le sol semblait fumer, animant l'air d'un léger tremblotement.

— Les voilà ! observa Hermès.

Tirya se releva, plaça sa main en visière, nota un mouvement devant l'oasis. Elle crut d'abord être victime de troubles de la vision tant la scène était floue ; puis, petit à petit, les formes se précisèrent, elle distingua des ânes, quelques hommes et des femmes. Les deux jeunes gens attendirent que la colonne arrive jusqu'à eux. Les ânes transportaient des outres d'eau, des fagots de bois et des sacs remplis de farine, de viande et de pains de sel. Hommes et femmes étaient chargés de paniers de légumes et de fruits posés sur la tête ou sur les épaules. Le chef du village qui ouvrait la marche eut une mimique d'étonnement quand Hermès et Tirya vinrent se planter devant lui.

— Que voulez-vous ? demanda-t-il, sur la défensive.

— Ton aide, répondit Tirya.

— Je ne peux rien pour vous. Notre chargement est destiné au camp de Ouadi Hamamat. On ne peut rien prélever de nos produits pour vous le céder : tout est contrôlé par le scribe de l'intendance.

— Nous travaillons en quelque sorte pour le personnel de la mine, déclara un homme.

— Plus que ça ! rectifia une femme. Nous sommes devenus des pourvoyeurs de l'État. Passez votre chemin et ne nous mettez pas en retard.

— Nous désirons aussi nous rendre à la mine, annonça Hermès. Ma promise est la fille d'un condamné. Elle voudrait revoir son père.

Tirya renchérit tout de suite :

— Ma mère vient de mourir. Mon père est tout ce qui me reste.

— C'est impossible, trancha le chef en donnant un coup de bâton sur la croupe d'un âne pour l'obliger à reprendre sa place dans la file.

— Nous venons de loin... insista Hermès.

— Je le vois bien, grogna le fellah, vos vêtements ne sont pas égyptiens. Et toi tu dois être au moins syrien, reprit-il en détaillant le jeune homme.

— Il est Grec. Je dois l'épouser et partir avec lui dans son pays, mentit Tirya. C'est pour cela que je veux embrasser mon père pour la dernière fois, et l'avertir de la disparition de ma mère.

Le paysan s'écarta pour laisser passer deux ânes de front.

— Cela ne se peut, répéta-t-il. Les gardes vous interdiront l'accès au camp.

Mais le ton était déjà moins ferme.

— Pas si tu nous intègres à ton groupe.

— Pourquoi le ferais-je ?

Hermès ouvrit son sac, exhiba deux lampes en faïence.

— Parce que tu as envie d'éclairer ta maison autrement qu'avec un foyer qui noircit ton plafond.

L'homme posa son fardeau, prit les lampes, les examina.

— Comment s'appelle ton futur beau-père ?

— Djet !

— Je le connais. Il est arrivé il y a peu de temps. On le dit malade.

— Raison de plus, appuya Hermès.

— Donne-moi quatre lampes et l'affaire est conclue !

— Deux lampes et cette petite statuette d'Hestia qui protégera ta maison des ennuis domestiques !

La statuette, peinte de couleurs vives, avait la hauteur d'un doigt. Elle retint l'attention du paysan qui apprécia la finesse de l'exécution, et se persuada qu'une divinité de plus — même étrangère — pouvait toujours servir.

— Soit ! Mais seule la fille viendra avec nous, à condition qu'elle s'habille autrement.

L'éphèbe protesta, estimant qu'en échange de trois objets sortis de l'atelier de son père, l'autre se devait de les emmener tous deux à la mine.

— L'homme a raison, intervint Tirya, tu n'as pas la tête d'un paysan de Haute-Égypte. Accompagne-nous puis reste à proximité du camp.

Elle changea rapidement de vêtements avec une jeune fille de sa taille et prit place dans la colonne, un panier de victuailles sous le bras.

Peu après, le camp de Ouadi Hamamat émergea d'entre les roches. C'étaient de simples constructions cubiques, aux murs d'adobe, avec des auvents de palmes ombrageant l'entrée. Seuls les gardes habitaient les maisons, les prisonniers dormant à la belle étoile ou sous un abri en peau, les pieds entravés dans des carcans en bois.

— Je t'attends ici, dit Hermès, la voix teintée d'appréhension.

— Quoi qu'il arrive, ne pénètre pas dans le camp, lui glissa Tirya. Si j'échoue, je veux que tu conserves ta liberté. Retourne alors à Thèbes et parle à Oumentep.

Le jeune Grec fit le geste de la prendre dans ses bras mais elle se déroba.

— Reste avec l'âne et empêche-le de braire. Donne-lui ton chapeau à manger s'il le faut.

— Sois prudente.

Elle le gratifia d'un petit signe de la main et suivit la colonne. Hermès et la jeune paysanne qui avait enfilé le chiton de Tirya allèrent se dissimuler derrière des blocs de pierre, l'âne sur les talons.

Quatre puits verticaux plongeaient dans le ventre de la terre, d'où s'envolaient des bruits de pics cognant contre la roche. Des condamnés, attelés à des barres, manœuvraient une lourde meule qui broyait le quartz aurifère. Ils étaient nus, le corps luisant de transpiration. Les sentinelles dirigèrent les ânes vers une maison servant d'entrepôt, et ils laissèrent les paysans délester les bêtes sous la surveillance d'un scribe qui inscrivait chaque détail de la livraison. L'un des gardes emboucha une corne et sonna à pleine force. Un mugissement grave, prolongé, pareil au souffle puissant de Seth, s'étendit à tout le camp. Ceux qui actionnaient le moulin cessèrent de tourner. Les autres prisonniers remontèrent des galeries en s'accrochant aux cordes qui pendaient dans les puits. L'arc à la main, la flèche encochée, les gardes les escortèrent jusqu'à un abri constitué par de vieilles peaux tendues sur des cadres, où ils les firent s'asseoir. Alors les femmes s'approchèrent avec des panses de chèvres remplies d'eau. Elles passèrent de l'un à l'autre, comptant dix gorgées pour chacun. Les malheureux s'abreuvaient à même l'outre, laissant l'eau couler sur leur visage et sur leurs mains, se frottant le torse pour le débarrasser de la sueur et de la poussière.

— Où est Djet? demanda Tirya du bout des lèvres à l'homme qu'elle serrait.

— Que lui veux-tu?

— Je suis sa fille.

L'autre cessa de boire. Il fronça les sourcils, lui décocha un regard suspicieux.

— J'ignorais qu'il avait une fille... Et tu ne le reconnais pas?

— Il nous a quittées, ma mère et moi, quand j'étais toute petite. Je viens l'avertir que ma mère est morte, expliqua-t-elle à mots chuchotés.

L'homme fit un mouvement de tête vers la gauche.

— Il est là-bas, près du poteau qui soutient le toit.

Tirya le chercha des yeux, se rendit compte à ce moment qu'une femme se préparait à le désaltérer. « C'est trop bête! On ne lui permettra pas de recevoir une double ration. » La paysanne éleva son outre, mais pas une goutte n'en sortit. « Ma chance! » pensa Tirya, qui marcha résolument vers lui.

— Hé! s'indigna un prisonnier en la retenant par le bas de sa robe, tu m'oublies!

— L'outre est vide, lui rétorqua la jeune fille en se dégageant. Tu veux téter de l'air?

Le gaillard s'apprêtait à la charrier vertement quand son regard croisa celui d'un garde. Il ravala sa raillerie et se tint coi.

Djet replia ses jambes pour laisser passer Tirya, mais il eut la surprise de la voir s'arrêter devant lui et présenter son outre.

— Il en reste, assura-t-elle.

Comme il buvait, Tirya se pencha, murmura à son oreille :

— Je suis la fille d'Amasis. Je veux te parler. Où ? Quand ?

Stupéfait, Djet manqua s'étouffer.

— Fais-moi sortir d'ici.

Elle demanda sans réfléchir :

— Comment ?

L'homme pinça l'embout de l'outre, fit semblant de boire.

— Viens cette nuit près du trou à côté du moulin. Jettes-y la corde.

— Mais...

— Pas un mot de plus, termina-t-il avant de s'offrir une longue rasade.

Tirya repéra l'endroit lorsqu'elle repartit avec les femmes. Les paysans finissaient d'entasser les provisions dans l'entrepôt. Le scribe leur remit une vessie de chat remplie de poussière d'or en leur rappelant qu'il les attendait à nouveau dans deux jours.

— Tu as pu parler à ton père ? s'enquit le chef du village comme ils quittaient le camp.

— Oui. Il est bien mal.

Le bonhomme eut un haussement d'épaules, quelque chose qui signifiait : « Il l'a sans doute mérité, le misérable. » Tirya retrouva Hermès et ses vêtements, mais elle ne desserra pas les dents tant qu'ils demeurèrent en compagnie des fellahs — auxquels ils voulaient laisser croire qu'ils rentraient à Thèbes. Ils se séparèrent du convoi un peu plus tard, à une bifurcation de pistes.

— Alors ? interrogea Hermès.

— Rien.

— Quoi rien ?

— Je n'ai rien appris. Il faut retourner là-bas. Je dois faire évader Djet cette nuit.

Hermès la dévisagea comme si elle avait perdu l'esprit.

— Tu es folle ! Tu sais ce que cela peut nous coûter ?

— Je sais ce qu'il m'en coûtera si je ne tente rien, cracha-t-elle avec colère. Parce c'est mon père qui pourrira alors dans cette mine ! Je ne t'impose pas de venir avec moi. Tu peux passer ta nuit à composer des vers pour plaire à l'âne.

Elle rebroussa chemin aussitôt et s'éloigna à grands pas.

— Je viens, maugréa Hermès en faisant faire demi-tour à l'animal, attends-moi, j'arrive. Tu ne réussiras pas toute seule.

— Pfff, c'est bien une réflexion de Grec !

Couché sur le dos au fond de trou, Djet regardait l'espace au-dessus de lui. Après le départ des paysans, il avait trouvé le moyen de se battre avec Nekab puis d'insulter un garde qui cherchait à les séparer. La punition était toujours la même : le condamné était jeté dans une fosse, à côté de la meule à minerais. Il croupissait là deux ou trois jours, sans boire ni manger, à plus de quinze coudées de profondeur.

Les yeux dans les étoiles, Djet se posait des questions : que voulait la fille d'Amasis ? Le général était-il encore libre ? Espérait-il acheter la rétractation des voleurs ? Cela lui coûterait cher, très cher. Il lui faudrait aussi faire évader Nekab. Djet croisa les mains sur son ventre : la vie semblait lui sourire à nouveau.

Trois ombres s'arrêtèrent parmi les rochers.

— Reste avec l'âne, conseilla Tirya. Si tu entends qu'on sonne l'alarme dans le camp, force-le à braire pour attirer les gardes et sauve-toi à toutes jambes.

— Toi, reste, répondit Hermès. C'est à moi de me glisser entre les sentinelles et d'aller sortir Djet de son trou.

— Non, Djet s'attend à me voir moi, pas un autre. Il risque de croire à un piège, sinon.

Hermès alla se cacher de mauvaise grâce derrière les rocs.

— Si tu bouges, grommela-t-il en s'adressant à l'âne, je t'assomme avec mon gourdin.

Le camp semblait endormi. Pourtant des gardes veillaient, mais où étaient-ils postés ? Tirya se coula dans l'obscurité, avança avec précaution afin de ne pas heurter de pierres : le son portait très loin la nuit. Elle discerna la masse sombre des maisons sur sa gauche. « Le moulin est donc devant moi ; j'espère que je ne vais pas tomber dans le trou sans le voir. » Elle entendit un bruit, se plaqua instinctivement au sol. Deux ombres bougèrent. « Ce sont les gardes. Ils sont devant l'abri de peaux. Ils surveillent les dormeurs, donc ils me tournent le dos. » Tirya pria pour que personne ne soit en faction près du trou de Djet. Elle se releva sans gestes brusques, s'approcha du moulin. Le trou béait à côté. La jeune fille découvrit une longue corde enroulée sur elle-même, fixée à un gros piquet. Elle s'accroupit, en saisit l'extrémité, et la fit descendre dans la fosse. Elle sentit que quelqu'un l'agrippait, la tirait vers le bas. C'est à ce moment que la peur étreignit la jeune fille. Son cœur se mit à battre la chamade. Il était trop tard désormais pour abandonner. Prenant soudain conscience de sa folle imprudence, elle recula, les jambes tremblantes. La corde se tendit. Tirya perçut un halètement. L'autre grimpait.

Djet se hissa hors du trou, jeta un coup d'œil à Tirya puis autour de lui, et ramena la corde à lui, qu'il enroula à nouveau. Il se dirigea ensuite vers la meule, plongea ses mains dans la rigole et rafla deux poignées de poussière d'or qu'il enveloppa dans le morceau d'étoffe qui recouvrait son crâne. Il ramassa une pierre, la lança avec force du côté des dormeurs. L'homme qui encaissa le choc poussa un grognement, donna un coup de poing à son voisin. L'autre maugréa, lui rendit la bourrade. Ils échangèrent des menaces, en vinrent aux mains. Les deux gardes les relevèrent chacun par un bras et les secouèrent jusqu'à ce qu'ils fussent calmés. Entretemps, Djet et Tirya s'étaient glissés hors du camp.

Quand Djet aperçut la silhouette d'Hermès qui se détachait des blocs, devant lui, il pensa être tombé dans un traquenard. Il pila net, saisit Tirya par l'épaule, lui arracha l'agrafe qui retenait son vêtement et lui pressa l'épingle sur la gorge. La jeune fille chercha à se débattre mais il la maintint fermement contre lui, se servant d'elle comme d'un bouclier.

— Toi ne bouge pas, grinça-t-il à l'intention d'Hermès, ou je lui perce la gorge.

Pour montrer qu'il ne plaisantait pas, il enfonça la pointe dans la peau. Tirya paniqua. Elle poussa un petit cri — mi-plainte, mi-glapissement.

Les deux gardes se retournèrent d'un même mouvement.

— Tu as entendu ?

— C'est un chacal. Décochons-lui quelques flèches pour le faire déguerpir, sinon il va hurler toute la nuit.

Les traits sifflèrent. La première flèche se perdit dans les rocailles, la deuxième s'écrasa contre un roc, la troisième ne causa aucun bruit mais Djet tressaillit. Sa main retomba, ses jambes mollirent, il s'affala sur les genoux. Une quatrième flèche passa au-dessus de la jeune fille. Tirya et Hermès coururent s'abriter derrière les rochers.

— Ils l'ont tué, se désespéra Tirya. On s'est donné tout ce mal pour rien !

Les archers cessèrent leur tir. Hermès se risqua à découvert, alla examiner le corps. Il revint aussitôt.

— Il a reçu une flèche dans le dos mais n'est pas mort. Emportons-le, nous l'interrogerons plus loin.

Ils le soulevèrent, l'installèrent sur l'âne. Tirya récupéra le tissu avec la poudre d'or et l'enfouit dans le sac contenant les dernières faïences. Ils s'éloignèrent, Tirya guidant la bête, Hermès soutenant le blessé. Lorsqu'ils s'estimèrent hors de danger, ils couchèrent Djet sur le flanc et lui versèrent un peu d'eau sur le visage. L'homme râlait, des bulles de salive éclataient sur ses lèvres.

— Soulage ton âme, commença Tirya. Pourquoi avoir accusé mon père d'avoir commandé le viol d'un tombeau ?

— Amasis... nous a engagés... pour piller la tombe... de Néfertari... C'est lui qui nous a donné... le plan de la vallée.

Djet semblait utiliser son dernier souffle pour sortir ces mots, avec difficulté, du fond de sa gorge.

— Ça ne pouvait pas être mon père ! affirma Tirya. Il n'aurait jamais commis cette infamie.

— C'était le général... Amasis... appuya Djet. Il avait le port d'un officier... un ton habitué à commander... Il a parlé de ses Hommes de Bronze... il lui fallait de l'or... beaucoup d'or... pour conserver ses mercenaires... Mais nous avons été trahis.

— Trahis ? s'étonna Hermès. Par qui ?

L'homme secoua faiblement la tête.

— Tu ne l'as pas appris au cours du procès ?

Djet ferma les yeux, remua les lèvres. Tirya colla son oreille contre sa bouche.

— Non, haleta Djet. L'officier Ouri nous attendait... avec ses hommes... Oumen...

Il toussa. Tirya lui releva la tête. Il émit une suite de chuintements, comme s'il n'arrivait plus à respirer. Puis il reprit :

— Oumentep était là... lui aussi... au sommet de la falaise... Ils attendaient tous... qu'on ressorte... du tombeau... Ils ont trouvé sur moi... le scarabée de Néfertari.

Sa main crocheta le bras de Tirya. Il retrouva un brusque regain d'énergie, né d'une bouffée de colère.

— Trouvez le traître ! gronda-t-il. Après son service, Ouri se rend souvent... à Karnak, à la taverne de « L'œil d'Horus »... au nord de l'Ipet-Sout, le grand temple d'Amon... Le vin délie les langues.

Il bredouilla quelque chose dans un filet de voix.

Tirya lui demanda de répéter, mais il se contenta de la fixer dans les yeux.

— Je n'ai pas compris, dit-elle.

Djet ouvrit la bouche en grand, ses traits se contractèrent.

— Tu as racheté ta faute, lui assura Tirya. Ton âme sera plus légère sur le plateau de la balance au tribunal d'Osiris.

Il hoqueta. Inspirant une grande goulée d'air, il déclara d'un trait, d'une voix à peine audible :

— Tu es bien belle pour avoir un père aussi laid.

La phrase s'était échappée de lui avec sa vie. Tirya reposa sa tête sur le sol. Plus émue qu'elle ne voulait le laisser paraître, elle resta un moment comme pétrifiée, la poitrine oppressée. Hermès était aussi bouleversé qu'elle, mais il réagit le premier et secoua son amie par l'épaule.

— On ne peut pas rester là.

Hermès et Tirya ensevelirent Djet sous un tas de pierres. Le soleil commençait à poindre sur les sommets des monts Cristallins quand les deux jeunes gens se remirent en route. C'est à ce moment que Tirya remarqua que son ami n'avait plus son couvre-chef.

— Mon chapeau ? ronchonna Hermès. Je l'ai donné à manger à cette bourrique pour qu'elle accepte de rester tranquille pendant que tu te faufilais dans le camp.

10

LES MURAILLES DE CYRÈNE

Ramose s'apprêtait à lancer la charge contre les Hommes de Bronze quand un hurlement féroce éclata sur l'autre versant. Les conducteurs retinrent les attelages de justesse. Leurs regards se portèrent sur Ramose. L'homme fit signe de ne pas bouger.

Amasis vit la forêt dégorger une horde de guerriers brandissant sabres et javelines.

— En formation de combat ! cria-t-il.

Les Hommes de Bronze formèrent un front de seize hommes. Les soldats des trois premiers rangs abaissèrent leurs piques, présentant un mur de fer à l'ennemi.

— Je ne comprends pas, s'étonna Ménélas, ce ne sont pas des Grecs.

— Ce sont des Libyens, précisa Amasis. Je les savais prompts à la trahison, mais pas à ce point.

Les assaillants se ruaient vers le centre de la dépression dans un désordre sauvage. Certains ne portaient qu'un pagne, d'autres une peau de hyène dont la tête leur recouvrait le crâne et ajoutait à l'aspect effrayant de leurs visages barbouillés d'ocre. Les mercenaires fléchirent les jambes, se préparant au choc.

— Ils ont des arcs mais aucune flèche n'est encochée, releva un sous-officier. C'est une drôle de façon d'attaquer. Nous pourrions les enfoncer en nous précipitant sur eux.

Amasis intima l'ordre à ses hommes de rester sur place. Lui aussi trouvait étrange cette manière de mener l'assaut en braillant et en gesticulant. Ménélas indiqua qu'il croyait plutôt à une manœuvre d'intimidation.

— C'en est une, assura le général. Ils testent notre système de défense.

Les Libyens s'arrêtèrent à vingt coudées des piques, puis les cris retombèrent. Un homme sortit alors de leurs rangs, une dépouille de lion sur le dos, une lourde épée à la main. Il découvrit ses dents en un large sourire.

— Je suis Katfi, chef de toutes les tribus du désert. Je suis content que Pharaon m'envoie ses troupes pour chasser les Grecs de Cyrène. Vous êtes désormais sous mon commandement.

Amasis avança jusqu'à lui, la main sur la poignée de son harpê.

— Mon nom est Amasis. Moi seul commande mes Hommes de Bronze, et je ne sers que mon pays.

Katfi perdit son sourire. Il essaya néanmoins de sauver la face en déclarant :

— Les intérêts de l'Égypte et de la Libye sont les mêmes : une paix durable basée sur une confiance mutuelle.

— Est-ce une façon d'accueillir ses alliés en se cachant sous les arbres pour les surprendre ? Ce sont les fourbes qui agissent ainsi.

Le Libyen se raidit, ses doigts se crispèrent sur le pommeau de son épée. Cet Amasis était un insolent ! Il jaugea les Hommes de Bronze. Lourdement armés et équipés, ils ne devaient pas être très mobiles, à l'inverse de ses propres troupes aussi agiles et bondissantes que des chèvres. De plus ses guerriers étaient supérieurs en nombre. L'envie le dévorait de faire mordre la poussière à ce général égyptien et à ses mercenaires. Afin qu'ils comprennent que le maître en Libye, c'était lui, Katfi ! Il recula légèrement, les yeux ancrés dans ceux d'Amasis. Un frémissement parcourut les rangs libyens, les Hommes de Bronze serrèrent plus fermement la hampe de leur lance. La tension entre les deux camps devint presque palpable.

C'est l'instant que choisit Ramose pour sortir du couvert des arbres. Les chars s'ouvrirent en éventail derrière lui, faisant montre de toute sa force. Les conducteurs maintenaient leur attelage au pas pour renforcer l'impression de puissance que leur conférait leur disposition. À leur vue, Katfi força un sourire. Ses guerriers plantèrent immédiatement la pointe de leur javeline dans le sol, en signe de non-hostilité. Les Grecs ne baissèrent pas la garde.

— Pharaon est un frère pour moi, déclara Katfi d'une voix trop enjouée pour être franche. Il m'offre l'appui de tous ses soldats.

— Tu n'en vois qu'une partie, précisa Amasis. Ses lanciers et ses archers nubiens vont nous rejoindre sous peu.

— C'est une armée de conquête, grimaça le chef libyen, qui ajouta sur le ton de la plaisanterie : j'espère que les intentions d'Apriès sont honnêtes.

— Tout autant que les tiennes, conclut Amasis en reportant son regard sur la charrerie qui emplissait la plaine.

L'arrivée surprise des Libyens avait contraint Ramose à changer d'attitude envers les Hommes de Bronze. Ne voulant pas montrer la faiblesse d'une armée divisée, il vint saluer Amasis et Katfi puis dirigea ses chars vers les montagnes proches afin d'y dresser ses tentes.

— Amasis ne perd rien pour attendre, confia-t-il à Tefnekh, son aide de camp. Nous trouverons bien le moyen de nous occuper de lui par la suite.

Katfi ne tenait plus en place. Cela faisait trois jours que ses troupes campaient à proximité de celles d'Amasis et de Ramose, au pied des monts cyrénaïques, or les fantassins d'Apriès ne se montraient toujours pas. Amasis reçut le Libyen avec froideur lorsque celui-ci demanda à le rencontrer.

— Les habitants de Cyrène sont certainement prévenus de nos intentions, commença Katfi à peine introduit sous la tente.

Amasis était assis sur un siège, une coupe de vin à la main.

— Que crains-tu ? Qu'ils s'enfuient ? Tu souhaites leur départ, non ? Si c'est la ville qui t'intéresse, rassure-toi, ils ne vont pas emporter les murs avec eux.

— Attendre, c'est permettre à l'ennemi de recevoir des renforts, assena Katfi. Un chef de guerre ne perd pas son temps à se prélasser sous...

La réplique d'Amasis claqua, sèche, tranchante :

— Le chef de guerre, c'est Pharaon ! Il m'a ordonné de ne pas attaquer avant d'avoir réuni toute notre armée.

— Apriès est vieux, il est à Saïs. Les bonnes décisions se prennent sur le champ de bataille.

Comme Amasis tardait à répondre, Katfi renchérit :

— Mais je crois, moi, que tu n'as aucune envie d'opposer tes Grecs aux colons. À retarder l'assaut contre la ville, tu trahis ton roi qui m'a promis son assistance.

— Sors d'ici ! gronda le général. Je suis un officier, pas un chef de pillards.

Comme le ton montait entre les deux hommes, Ménélas s'autorisa à relever la tenture et à demander s'il fallait appeler les gardes pour jeter le Libyen dehors. Katfi se drapa dans sa peau de lion puis sortit d'un air méprisant. Amasis le vit se diriger vers le campement de Ramose.

Ramose ! Amasis demeurait perplexe à son sujet. À chacune des questions posées par le général qui cherchait à savoir pourquoi il avait emprunté la piste du littoral, Ramose s'était défilé en rétorquant : « C'était l'ordre d'Apriès ! » Si c'était vrai, qu'est-ce qui avait poussé Pharaon à prendre cette décision ? Pourquoi faire surveiller les Hommes de Bronze ? Dans le cas contraire, quel but poursuivait le commandant de la charrerie ? « Les Hommes de Bronze et moi sommes en sursis, pensa Amasis. Cette expédition a des allures étranges : on jurerait un piège. »

— Ces deux-là risquent de s'entendre, grommela Ménélas. Ils sont aussi impatients l'un que l'autre de raser les murailles de Cyrène.

Katfi resta longtemps sous la tente de Ramose. Dans l'attente de le voir ressortir, Amasis laissa errer son regard sur l'ensemble du camp égyptien qu'entourait un rempart de boucliers. Les soldats vérifiaient l'état des chars, consolidaient les roues qui avaient souffert du trajet, pansaient les chevaux sous l'œil vigilant des sous-officiers. Les mercenaires grecs ne se mêlaient pas aux autres corps d'armée : ils se cantonnaient dans une partie du camp, bien à eux, aiguisaient leurs armes, se livraient à des combats amicaux ou se racontaient des exploits de guerre et de taverne. Les Libyens s'étaient établis sur le flanc de la montagne, mais ils étaient à peine visibles tant ils se fondaient parmi les roches, couleur de terre et de pierre.

— Les hommes grognent, reprit Ménélas. Ils n'aiment pas ces Libyens et doutent de la sincérité de Ramose.

— Fais doubler le nombre des sentinelles si tu as des craintes.

— C'est bien la première fois que je me méfie de mon propre camp, maugréa Ménélas. Il y a comme un souffle de mort dans l'air. Je parle d'une mort sournoise, pas d'une flèche envolée du haut d'une muraille pendant l'assaut. D'une mort à odeur d'hyène.

— Je la sens aussi, dit Amasis. Je la sens depuis notre départ de Naucratis... Je crois même que je la sentais déjà au palais d'Apriès.

Ménélas tendit le bras pour montrer Katfi quittant enfin la tente de Ramose.

— Il a la démarche de quelqu'un qui a obtenu ce qu'il souhaitait, commenta le Grec.

Ramose apparut à son tour. Il héla le soldat le plus proche, lui adressa un ordre. L'homme partit en courant. Peu après, des officiers se dirigèrent vers la tente.

— Il rameute son état-major, observa Amasis. Je pense que nous aurons bientôt à livrer bataille.

— Contre qui ? Des femmes et des enfants ? C'est peut-être l'odeur de leurs cadavres qu'on renifle déjà, et qui se répand sur nous comme un nuage de honte.

— Je m'efforcerai d'éviter cette puanteur à l'Égypte. Le parfum du lotus lui va si bien.

Ménélas mouilla ses lèvres avant de hasarder :

— L'Égypte n'a pas le bon Pharaon.

— C'est aux dieux d'en décider.

Ce matin-là, une grande effervescence régnait dans le camp égyptien. Les maîtres d'attelage attachaient leurs chevaux aux deux jougs en cuir à l'extrémité du timon. Ils leur passèrent le harnais, les coiffèrent d'un capuchon aux plumes d'autruche, et les revêtirent d'un caparaçon à bandes horizontales tissées d'or. En même temps, le flanc de la montagne se mit à onduler, comme si la matière même qui la composait s'était animée. La masse des guerriers libyens quittait ses retranchements et se déversait dans la plaine. Amasis fit appeler ses officiers.

— Ramose et Katfi ont décidé de bouger, leur apprit-il lorsqu'ils l'eurent rejoint devant sa tente.

— Ils vont attaquer Cyrène ?

— Oui. Katfi est pressé d'enlever la ville et ses richesses. Quant à Ramose, il rêve d'un succès éclatant pour s'auréoler de gloire et devenir l'homme fort de l'Égypte. S'il attend les autres généraux, la victoire sera celle de l'armée. S'il la remporte avec ses chars, ce sera la sienne propre. Il faut nous préparer au départ, nous aussi.

Ménélas se planta devant lui, les bras croisés.

— Il conviendrait d'abord de connaître tes intentions.

— Défendre Cyrène et son port, annonça Amasis sans la moindre hésitation.

— Tu choisis donc de te dresser contre Pharaon.

— Et de faire de nous la cible de notre propre armée, termina l'un des officiers.

— Pharaon nous a ordonné d'attaquer quand tous ses régiments seraient rassemblés, ce qui n'est pas le cas. C'est Ramose qui s'écarte du plan établi.

— Il s'en donne les moyens, assura Ménélas en considérant les centaines de chars qui s'ébranlaient dans un tumulte d'appels, de coups de fouet, de grincements de roues et de hennissements.

Un char se détacha des autres. Guidés par Ramose en personne, les chevaux galopèrent vers le groupe d'Amasis en étirant une traînée de poussière grise. Il s'arrêta brutalement devant la tente. La nacelle faillit verser.

— Tu vas entraîner ta troupe dans le désert? demanda le général d'un air goguenard.

— Je vais prendre Cyrène et l'offrir à mon roi, répondit Ramose du haut de son char.

— Tu n'auras plus grand-chose à offrir à Pharaon quand Katfi aura pillé la ville. Je ne crois pas qu'après cela la Libye cessera de tracasser l'Égypte. Avant de mourir, essaie de savoir si la flèche qui t'a transpercé la gorge est de facture grecque ou si elle sort d'un carquois libyen.

— La mort est partout. Tu comptes l'attendre assis? Qui sait si Sparte, avertie par quelque marchand, n'a pas déjà envoyé ses trières[1] de secours?

1. Navire de guerre à trois rangées de rameurs.

Amasis se tourna vers ses officiers.

— Il a raison. Donnez l'ordre aux Hommes de Bronze de revêtir leur armure. Nous allons prendre position entre Cyrène et Apollonia de façon à isoler la ville de son port.

Ramose fit la grimace.

— Katfi et moi comptions la cerner et...

— C'est inutile ! coupa Amasis. Mes troupes sont capables de soutenir un choc sur leurs arrières.

Le ton était net et n'admettait aucune réplique. Ramose se mordit la langue. Amasis venait de s'octroyer une place stratégique dans le siège de la ville : s'il trahissait, il pouvait, selon son gré, permettre la fuite des habitants vers le port ou laisser approcher une armée venue de la mer.

Ramose rejoignit Tefnekh à la tête de la colonne de chars.

— Quand le feras-tu arrêter ? demanda son aide de camp.

— Amasis est comme un caillou enchâssé dans un disque de bronze. Jamais seul. Toujours sur ses gardes. J'espère qu'il se trouvera une pique pour trancher sa vie à la faveur de la bataille.

Tefnekh opina, et se permit d'ajouter avec un vilain sourire :

— La kenebet se chargera ensuite de noircir son âme et sa mémoire pour cette histoire de tombeau violé.

Un hululement sinistre s'éleva tout à coup, une sorte de mélopée gutturale, sauvage et discordante. Les chevaux et les hommes frémirent. C'était le cri de guerre des Libyens, un hurlement qui clamait fort qu'il n'y aurait pas de quartier.

Quand les troupes d'Amasis, de Ramose et de Katfi parvinrent à Cyrène, au bout d'une journée de marche forcée, les murailles et les tours crénelées se découpaient à contre-jour sous un ciel rouge sang. Les pans d'ombre paraissaient bleus sur un sol qui accrochait encore les lueurs du soir. Les villages alentour s'étaient vidés de leurs habitants : on annonçait qu'une armée marchait sur la ville, et les paysans avaient trouvé refuge derrière ses épaisses fortifications. La cité — aussi bien la ville que le territoire qui l'entourait — semblait morte. Les champs avaient l'aspect désolé d'une terre après la récolte, et seules quelques rares chèvres oubliées s'appliquaient à brouter des touffes d'herbe jusqu'à la racine.

— Il y a des mouvements sur le chemin de ronde, nota Ménélas en apercevant des reflets métalliques en haut des murailles. Cyrène ne se rendra pas facilement.

— Les portes sont ses points faibles, rectifia Amasis. Si Katfi parvient à les incendier, Ramose pourra lancer une charge qui bousculera ses défenseurs. Dès lors, la ville sera prise.

Les trois armées se scindèrent. Amasis dirigea ses troupes vers le nord cependant que Ramose avançait droit sur la citadelle et que Katfi obliquait vers le sud. Soudain les maîtres d'attelage lâchèrent de tonitruants « Yaaarrr ! Yaaarrr ! », et pliés sur leurs rênes, ils excitèrent leurs bêtes pour les pousser au grand galop vers le nord de la ville.

— Ramose veut nous prendre de vitesse ! s'écria Amasis en se tournant vers ses hommes. Au pas de charge et piques en avant ! Nous l'empêcherons de s'installer à notre emplacement !

Les Hommes de Bronze se mirent à courir. L'air résonna d'un martèlement sonore, d'un crépitement de métal. Les Libyens firent halte pour les regarder, s'interrogeant sur la manœuvre. Les casques et les cuirasses des mercenaires resplendissaient comme s'ils étaient fondus d'or. Il émanait d'eux une telle puissance, une telle détermination à vaincre, que rien ne semblait pouvoir s'opposer à leur masse déferlante.

Les chars parvinrent très vite sous les murs de Cyrène. Mais plutôt que de s'établir au nord de la ville, ainsi qu'Amasis l'avait supposé, Ramose poursuivit sa course le long de l'enceinte. En entendant le tonnerre des sabots, le tourbillon des chars, les assiégés sentirent la peur leur nouer le ventre. Ramose ne cessa de tourner autour de Cyrène que lorsque la terre fuma d'une poussière qui s'élevait plus haut que les tours.

Quand les Hommes de Bronze prirent position sur la route d'Apollonia, la charrerie commençait à refluer. Ramose choisit d'aller s'installer pour la nuit sur les collines, à l'est, de façon à pouvoir surveiller à la fois les guerriers de Katfi et les mercenaires grecs.

— Nous les avons bien fait courir ! ricana Tefnekh en sautant de son char.

— Cela m'a permis de percer les intentions d'Amasis, expliqua Ramose. Il est plus prompt à se retourner contre nous qu'à mener la guerre contre les Cyrénaïques. C'est un poignard dans notre flanc. Désormais, lui et ses Hommes de Bronze doivent être considérés comme des traîtres.

L'obscurité se resserra autour de Cyrène. Postées sur les tours de la forteresse, les sentinelles virent alors avec angoisse s'allumer les feux de camp qui ceinturaient la ville. D'autres lueurs, plus violentes, trouèrent soudain l'obscurité, éclaboussant la nuit de hautes flammes : les Libyens incendiaient les villages.

Debout sur le rempart, le roi de Cyrène, Battos, leva les yeux. À la place des étoiles, il vit danser des démons de feu.

— Je crois qu'un vent de folie a soufflé sur le monde, murmura-t-il.

Un vent de folie qui avait renversé la terre dans le ciel et embrasé l'espace.

II

À « L'ŒIL D'HORUS »

Installé derrière une petite table, dans le vestibule du palais du maire, à Thèbes, le scribe affecté au service des audiences jeta un regard noir à Tirya. L'insistance de cette fille commençait à l'agacer.

— Oumentep est en tournée d'inspection, répéta-t-il sur un ton grognon avant de se replonger dans la lecture d'un papyrus.

— Cela fait plus d'une semaine qu'il est parti, souligna la jeune fille. Il inspecte les oreilles des Nubiens ou bien il est remonté jusqu'aux sources du Nil chatouiller Khnoum afin que le dieu libère ses eaux ? La dernière fois, tu m'as assuré qu'il devait rentrer sous cinq jours !

Le visage du scribe se durcit. Son ton se fit tranchant.

— Oumentep aura été retardé. Je te trouve bien insolente. Rappelle-moi ton nom.

— Tirya ! Je suis la fille...

Hermès lui serra le coude, termina à sa place :

— ... d'un marchand de vin. Son père et le mien sont associés dans le transport : l'un exporte son vin de Maréotis, un des plus fins du Delta, l'autre son huile d'olive des plaines de Thessalie.

L'œil soupçonneux, le bonhomme demanda :

— Pourquoi voulez-vous voir Oumentep ?

— Nos parents souhaitent étendre leur marché en Haute-Égypte. Nous sommes chargés de trouver les bonnes tables. Il nous a semblé primordial de rencontrer le maire avant tout autre notable.

Le scribe allongea ses lèvres en une moue sceptique. Il tritura son papyrus sans quitter des yeux les jeunes gens.

— Vous me paraissez bien jeunes...

— Le métier s'apprend tôt, répliqua Tirya. Et une langue bien pendue est utile dans le négoce.

L'homme se pencha par-dessus la table, pointa son visage vers la jeune fille.

— La tienne doit faire tourner le bon vin en vinaigre. Où sont vos produits ?

— Sur un navire, dans le port de Thèbes, mentit Hermès.

— Le nom du bateau ?

— Quand revient Oumentep ?

Le scribe eut un haussement d'épaules.

— Il devait être de retour il y a trois jours.

— Tu ne t'inquiètes pas de savoir ce qu'il est devenu ?

La remarque de Tirya le piqua au vif.

— Soit ! dit-il en posant ses deux mains à plat sur son papyrus et en prenant une voix aigre, sifflante. Le maire a passé un après-midi à faire bastonner les habitants d'un village, près d'Esna, parce qu'ils avaient négligé de surélever les digues. Il a prolongé son séjour à Nekhen puis est allé se recueillir dans le temple de Nekhbet, à Nekheb[1].

1. Nekheb se trouve en face de Nekhen, sur la rive droite du Nil. C'est une ville sainte consacrée à la déesse vautour Nekhbet, protectrice de la Haute-Égypte.

— Et tu oublies de mentionner les banquets et les réveils difficiles, ponctua Tirya.

Le scribe cogna son poing sur la table. Son expression devint furibonde.

— Sortez ! cria-t-il en montrant la porte, ou je vous fais expulser par les gardes !

— Ton travail consiste à nous renseigner et à nous inscrire sur ta liste, riposta Tirya en haussant le ton à son tour.

L'homme se mit à frapper dans ses mains pour faire venir les gardes disséminés dans les couloirs. Hermès saisit son amie par le bras, l'entraîna vers la sortie.

— Mieux vaut partir d'ici, assura-t-il. Le gaillard cacarde si fort qu'il va rameuter son troupeau d'oies. Nous trouverons une autre manière d'aborder le maire.

Au moment de franchir le seuil de la bâtisse, Tirya tourna la tête et lança par-dessus son épaule :

— Résidu de calame ! Tête de courge ! Quand cette affaire sera réglée, je te ferai avaler ton papyrus avec de l'ail !

À peine étaient-ils engagés dans la grande allée bordée de tamaris qu'ils croisèrent un homme qui courait à petits pas, au bord de l'essoufflement. Tirya l'interpella :

— Ne te presse pas tant ! Le maire n'a pas fini de compter les crocodiles dans le Nil. Il te recevra après la crue ou quand les hippopotames sauront voler.

L'homme la regarda, stupéfait.

— Qu'est-ce que tu radotes ? haleta-t-il. Je viens justement annoncer qu'Oumentep regagnera

Thèbes dans la soirée. Tu fais partie de son personnel ?

— C'est moi qui lui masse le dos, minauda-t-elle.

— Alors prépare tes onguents, le voyage l'a épuisé. Il rentrera directement dans ses appartements et voudra se reposer dans le jardin. Tu auras intérêt à l'y attendre.

— J'y serai, certifia-t-elle, et j'espère qu'il aura des histoires à me raconter.

Quand ils se retrouvèrent dans la rue, Tirya demanda :

— Pourquoi m'as-tu empêchée de dévoiler mon identité ?

— Un réflexe de prudence.

— Il faudra bien que j'avoue à Oumentep qui je suis.

— À lui, oui. Mais il y a des oreilles dans son palais, et je ne suis pas sûr que ce soit une bonne chose d'annoncer à tous que la fille du général Amasis est à Thèbes.

Ils remontèrent l'enceinte du grand temple de Karnak en se fondant dans la foule. Des marchands, établis tout au long de la muraille de briques crues, exposaient leurs produits à la vue des clients. Des appels mêlés à des criaillements d'oies, des bêlements de chèvres, des cris d'enfants, emplissaient la rue d'une cacophonie assourdissante. Des odeurs lourdes, entêtantes, semblaient tournoyer avec la poussière : elles arrivaient par vagues, agressaient les narines, se diluaient dans les coulis de vent puis revenaient plus fortes, capiteuses ou musquées, chargées de fumées ou de graisses, de transpiration ou de tanin.

Tirya et Hermès se reposèrent un moment sous les palmiers dattiers plantés autour du grand bassin, face au temple d'Amon, d'où partaient les barques sacrées lors de la fête d'Opet[2].

— J'ai envie de croire que je suis sur la mer, dit Tirya. Je suis fatiguée de courir d'un endroit à un autre. Djet ne nous a pas révélé grand-chose.

— Nous savons tout de même qu'un traître se cache quelque part. C'est peut-être le même que celui qui s'est fait passer pour ton père auprès des deux pilleurs de tombes.

— Nous ne connaissons rien de lui, se désola la jeune fille. Est-il grand, petit, maigre, tordu ?

— On sait tout de même qu'il est laid.

— Djet faisait peut-être allusion à la noirceur de son âme.

— Il a l'art de commander, ajouta Hermès.

— Cela s'apprend. Et en peu de temps. Je pense que parler à Oumentep s'avérera bien plus utile que notre expédition à Ouadi Hamamat. Au moins, tu as découvert le désert...

— Et le caractère des ânes ! compléta Hermès. Heureusement qu'on a pu échanger le nôtre contre de la nourriture, il ne me reste plus une seule faïence.

— Nous avons toujours la poussière d'or...

2. Tous les ans a lieu la fête d'Opet : l'effigie divine d'Amon quitte le temple de Karnak (l'Ipet-Sout), emprunte le Nil et se rend au temple de Louxor (l'Ipet-Resyt, le Harem méridional) pour célébrer son union avec la reine qui assure la descendance divine du pouvoir royal et sa régénération.

Tirya s'appuya contre le tronc d'un palmier, ferma les yeux, puis inspira à longues goulées avant de poursuivre :

— Cela fait plus de trois semaines que nous avons quitté Naucratis. Trois semaines sans nouvelles de mon père. Que se passe-t-il là-bas, à Cyrène ? La ville est-elle prise ? Les Hommes de Bronze se sont-ils opposés à Ramose pour défendre mon père ? Le lui ont-ils livré pour éviter un massacre ? Est-il seulement encore en vie ? J'espère qu'Oumentep saura me renseigner. Quant à toi, pendant ce temps, essaie de tirer les vers du nez de cet Ouri.

— Tu ne veux pas que je t'accompagne chez le maire ?

— Ce n'est pas la peine. Nous devrions chacun recueillir le même genre d'informations, mais on ne sait jamais. Un détail a pu échapper à l'un, que l'autre a remarqué. Cela peut avoir son importance.

Tirya s'attendait à ce que son ami ajoute quelque chose. Comme il restait muet, elle demanda :

— Tu crains de t'aventurer seul dans une taverne ? Tu n'avais quand même pas l'intention de m'emmener dans un tel lieu !

— Non... non... bien sûr que non, ânonna-t-il, mal à l'aise. On ne sert pas de jus de grenade dans ces établissements.

— Ni du lait de chèvre. Aussi tâche d'être à la hauteur, et ne dégringole pas de ton siège à la première gorgée de bière.

Ils se séparèrent à la tombée du jour. Hermès suivit Tirya des yeux comme elle s'éloignait vers le sud de la ville, en direction de la voie sacrée bordée de sphinx à tête de béliers[3] qui reliait Karnak à Louxor. Il tapota l'enveloppe de poudre d'or qu'il tenait sous son habit, et remonta vers le nord. Il s'enquit de son chemin auprès d'un gaveur d'oies, longea une rue aux maisons basses, aux façades badigeonnées de chaux, et arriva devant le sanctuaire de Montou.

La venelle, parallèle au temple, était déjà enténébrée par les pans d'ombre que projetait le mur d'enceinte. Quelques lueurs échappées des foyers parsemaient la ruelle de traînées rousses. Hermès sut qu'il arrivait à la taverne aux bruits de voix qui s'échappaient à chaque mouvement de la porte. Il avisa un gros œil d'Horus peint sur le linteau d'entrée.

Personne ne lui prêta la moindre attention lorsqu'il pénétra dans la salle. Des hommes étaient assis ou accroupis sur des nattes, à même le sol : d'autres étaient installés sur des sièges bas, devant des guéridons recouverts de plats de nourriture. L'atmosphère sentait le vin, la bière et la coriandre. Des filles couraient de la cuisine aux clients, apportant des pains ronds, des canards rôtis sur leur broche, des oignons, des dattes, des figues, des galettes au cumin… Hermès demanda à l'une d'elles où se trouvait Ouri.

— Qui ? fit-elle d'une voix aiguë.

La servante tourbillonna si rapidement autour des tables qu'Hermès fut certain qu'elle n'avait pas entendu.

3. Deux siècles plus tard, Nectanébo Ier recouvrira cette allée — réalisée par Aménophis III — par une seconde allée frangée de sphinx à tête humaine.

— Qui ? répéta la fille en le bousculant pour retourner à la cuisine.

Hermès secoua la tête, dépité. Il interrogea une autre servante. Elle pointa son menton vers un homme derrière une petite table, dans un coin, qui mangeait avec des gestes lents. Hermès s'approcha.

— Tu es l'officier Ouri ?

L'Égyptien dévisagea l'éphèbe, surpris, puis grogna :

— Mon service est terminé. Si des voleurs ont enfoncé le mur de ta maison, adresse-toi à... Tu es Grec ! releva-t-il brusquement. Que fais-tu ici ? Comment connais-tu mon nom ?

Hermès s'assit en face d'Ouri. Une jeune femme se planta aussitôt à côté de lui.

— Donne-moi la même chose, commanda-t-il.

— J'espère que tu n'as pas que ton sourire à m'offrir. Cette galette vaut un quite[4] de cuivre ou son équivalent en huile ou en grains. Elle est fourrée aux oignons et à la purée de pois chiches.

Hermès montra son étui de poussière d'or.

— Avec cela j'ai droit aussi à la boisson. Une coupe de bière pour moi, du vin pour l'officier s'il m'accepte à sa table.

La servante rafla l'étui avant même qu'Ouri n'ouvre la bouche.

4. Un quite vaut un dixième de deben. Il existe des deben d'or, d'argent ou de cuivre. Un deben d'or vaut 90 grammes d'or. Ce n'est pas une monnaie mais une unité étalon qui permet de déterminer la valeur marchande d'un produit que l'on pourra échanger contre un autre objet selon un rapport d'équivalence.

— Nous voilà donc de la même tablée, conclut Hermès en riant.

L'autre le regarda dans les yeux et grommela d'une voix sourde :

— Que me veux-tu ?

Hermès se pencha par-dessus la table et murmura :

— Je veux des éclaircissements sur l'affaire Amasis. On parle d'un complot destiné à ébranler l'Égypte.

— Je n'ai rien à dire, répondit sèchement Ouri. La kenebet a rendu son jugement.

— Celui qui vous a prévenus, Oumentep et toi, était-il présent lors du procès ? Les pilleurs ont-ils été confrontés à lui ? Peut-être s'était-il aussi fait passer auprès d'eux pour le général Amasis.

— Qui t'envoie ?

— Quelqu'un qui cherche la vérité.

Hermès prit une mine de conspirateur pour ajouter :

— Quelqu'un de très haut placé. Et qui peut t'offrir un poste important si tu lui accordes ton aide.

Les yeux d'Ouri s'agrandirent.

— De très haut placé ? répéta-t-il.

Hermès fit oui de la tête. Ouri s'humecta les lèvres. La servante apporta une coupe et les boissons. L'officier se servit et but une longue rasade de vin.

— Ce n'est pas moi qui ai été informé qu'il se préparait un pillage dans la Vallée des Reines, mais Oumentep. Le maire m'a averti ensuite.

— Tu me prends pour un naïf ? Tu es officier des gardes ou novice ? Ne me dis pas que tu n'as pas cherché à mener ta petite enquête. Qu'as-tu découvert qui te fait plonger le nez dans ta coupe de vin ?

Impressionné par le ton plein d'assurance du jeune Grec, l'esprit déjà embrumé par l'alcool, Ouri déclara d'une voix pâteuse :

— Ça s'est passé cinq jours avant qu'on arrête Djet et Nekab. Un homme est arrivé sur son char et a exigé à voir le maire. Je n'ai pas assisté à l'entretien. La discussion a duré longtemps entre les deux hommes. Bien plus longtemps que pour une simple dénonciation, mais je ne savais pas encore de quoi il s'agissait à ce moment-là.

— Tu as vu l'homme en question ? As-tu appris son nom ?

— Son nom n'a pas été prononcé, même au procès, mais cela ne m'a pas étonné : les gens qui en dénoncent d'autres tiennent à leur sécurité, et le tribunal respecte leur désir d'anonymat. Sa présence n'était d'ailleurs pas utile puisque nous avions pris les voleurs sur le fait et qu'ils avaient tout avoué.

— Mais cet homme, tu l'as vu, n'est-ce pas ?

— Comment oublier un tel visage ? Il portait une vilaine cicatrice sur la joue droite et tenait constamment son œil droit fermé. On aurait dit qu'il avait reçu un coup d'épée en pleine figure.

— Un soldat !

— Un officier, rectifia Ouri. Les soldats n'ont pas de char...

— Djet et Nekab possédaient un plan de la Vallée. Comment ont-ils pu l'obtenir ?

— Amasis le leur a donné, déclara l'homme en fuyant le regard d'Hermès.

— Tu n'y crois pas toi-même.

Ouri baissa les yeux. Il remplit à nouveau sa coupe et la vida d'un trait.

— Qui détient les plans des tombes royales ?

— Le scribe des archives, dans...

Il se tut quand la jeune fille vint déposer la galette devant Hermès.

— Dans le palais du maire, reprit-il après qu'elle se fut éloignée.

— Le scribe a-t-il le droit de sortir le plan sans l'autorisation d'Oumentep ?

— Non...

Hermès sentit que l'Égyptien laissait traîner un « non » évasif.

— Mais il a pu le faire quand même, hasarda-t-il. Ou il l'a recopié.

L'homme se tortilla sur son siège.

— Lui ou un autre, jeta-t-il très vite en coulant un regard de côté, dans la crainte d'être entendu.

— Qui, à part le maire et lui, a accès à la salle des archives ?

— Tu ne poses pas la bonne question, marmonna Ouri entre ses dents.

— Quelle... ?

— Écoute-moi en mangeant ta galette, qu'on te prenne pour un client, pas pour un fouineur. Le maire et le grand prêtre d'Amon ont bâclé le procès. Ils se sont contentés de reprocher leur infamie aux voleurs, leur ont fait répéter plusieurs fois le nom d'Amasis, que les scribes n'oublient pas de l'inscrire sur leur tablette, puis ils ont prononcé la condamnation et sont passés à l'affaire suivante.

Il se tut pour manger à son tour un morceau de sa galette, releva son nez.

— À ton avis, qu'est devenu le butin des deux pillards ?

— Il a regagné la tombe de Néfertari, supposa le jeune homme sur un ton d'évidence.

— C'est ce que tout le monde pense, en effet. J'avais embusqué deux gardes à proximité du tombeau, pour le cas où Djet et Nekab auraient eu des complices. J'ai assuré leur relève des jours durant, et bien après la réunion de la kenebet. Personne n'a rapporté le trésor.

Hermès avança sa tête vers l'officier.

— Bien entendu, chuchota-t-il, personne n'était au courant de la présence de tes sentinelles.

Ouri se pencha en avant. C'est presque front à front qu'il déclara :

— Bien entendu. J'aurais dû avertir Oumentep mais je ne l'ai pas fait. Je ne voulais pas l'importuner avec des détails.

Hermès eut un large sourire.

— Alors, ce trésor ? murmura-t-il. Cette fois, c'est la bonne question, n'est-ce pas ?

Ouri plissa ses lèvres en un sourire complice.

— Une partie a dû engraisser le temple d'Amon. On raconte que les dieux aiment l'or.

— Le silence des prêtres coûte cher, souligna Hermès. J'imagine que le reste est allé dans les coffres de l'homme au visage balafré.

— Pense ce que tu veux. Pour moi, le trésor n'a jamais quitté Thèbes.

Ouri fit signe au jeune Grec d'approcher son oreille.

— Oumentep aime les bijoux au point de commettre des imprudences. Il porte le scarabée de Néfertari en amulette autour du cou. Je parie qu'il a effacé le nom de la reine et gravé le sien sur le cartouche. Un jour il s'est penché devant moi ; le scarabée a glissé de sa robe de lin. Je l'ai bien reconnu : c'était celui que Djet avait dérobé dans la demeure d'éternité.

Hermès ouvrit des yeux horrifiés.

— Tu suspectes le maire de Thèbes ?

— Qui d'autre que lui a pu avoir accès au plan des tombes royales ? Qui d'autre est assez puissant pour s'allier la complicité du grand prêtre d'Amon ? Qui d'autre oserait s'attaquer à Amasis, le plus grand général d'Égypte ? Ses Hommes de Bronze lui sont tout dévoués et représentent une armée à part dans l'armée égyptienne. Beaucoup de hauts fonctionnaires craignent qu'avec les Grecs établis dans le Delta, ils ne forment un jour une sorte d'État dans l'État. Il doit se fomenter bon nombre de complots dans le dos d'Amasis... Tu m'as bien assuré que tu étais l'envoyé d'un puissant personnage de l'État et qu'il saurait récompenser mes services ?

— Je l'ai dit, souligna Hermès. Ton témoignage te vaudra une bonne promotion.

— Je demande aussi une solide protection jusqu'au procès, parce qu'Oumentep n'est pas homme à laisser vivre quiconque se place en travers de son chemin.

— Par Zeus ! s'exclama Hermès, se parlant à lui-même, dans quel guêpier Tirya est-elle allée se jeter ?

12

LE SCARABÉE DE NÉFERTARI

Après le départ d'Hermès, Tirya était retournée vers le palais du maire. Elle avait contourné le bâtiment qui abritait les services administratifs et s'était dirigée vers le jardin, reconnaissable aux couronnes de palmiers qui dépassaient de l'enceinte. Pour éviter que les maisons des artisans ne s'accolent contre la muraille de la résidence, une rangée d'acacias avait été plantée tout au long. La jeune fille était assise au pied d'un arbre au tronc élancé et pourvu de nombreuses branches. Elle attendait que les marchands replient leurs nattes, que les vendeurs remmènent leurs volailles, que les chèvres récalcitrantes daignent retourner dans leur enclos. Quand la rue fut déserte, livrée aux ombres bleues et à un grand âne roux qui refusait de bouger, Tirya retroussa son vêtement et grimpa à l'arbre. L'âne remua les oreilles, battit de la queue et aspira bruyamment. Puis il poussa son braiment : un ronflement tonitruant, interminable, qui sonna comme un délire de trompettes. « Que Seth l'emporte ! Cette bourrique va réveiller toute la rue ! Si on me découvre ici, on va me prendre pour une voleuse et alerter les gardes ! » Tirya se dépêcha d'atteindre le sommet. Alors qu'elle s'apprêtait à passer le mur, une voix s'exclama :

— C'est encore ce maudit âne ! Qu'on le chasse ! Qu'on l'étrille ! Il va attirer les mauvais esprits de la nuit[1]. D'ailleurs, il y en a déjà un qui s'agite en haut de cet acacia.

Des hommes, des femmes sortirent des maisons, et aperçurent en effet la créature de Seth tapie dans les hautes branches. Ils ramassèrent des pierres, qu'ils lancèrent sur elle.

— On dirait une fille, releva quelqu'un.

— C'est peut-être Nephthys, l'épouse de Seth ?

— Son habit n'est pas égyptien. Je vous dis que c'est une divinité maléfique, née du cri de l'âne. Ah, elle cherche à franchir le mur. Elle s'échappe !

— Elle a sauté dans le jardin du maire !

— Bah, conclut un potier, si elle sème le trouble chez Oumentep, ce n'est plus notre affaire. Que les puissants connaissent aussi quelques turpitudes !

— Ça vengera les petits, gloussa un vieux que l'âge et les travaux avaient cassé en deux.

Les gens s'en prirent alors à l'âne qui, les sabots plantés dans le sol, s'obstinait à demeurer sur place. Ils le houspillèrent, le bourrèrent de coups... rien n'y fit. La bourrique résista à tout. Elle poussa une série de braiments indignés, puis se figea dans un mutisme entêté. De guerre lasse, les habitants regagnèrent leur logis, abandonnant l'âne roux sous son acacia.

Tirya s'était laissée glisser le long d'un palmier et s'était dissimulée derrière une haie de perséas afin

1. L'âne roux est considéré comme un animal mauvais, manifestation terrestre de Seth. On le sacrifie pour écarter le Mal.

d'étudier le jardin. « Pas d'oies, pas de babouins : la voie est libre. » Elle redoutait particulièrement les singes gardiens qui fondaient des ramures et mordaient à pleines dents les épaules, les bras, les mollets...

Le jardin était vaste, parsemé de bassins d'eau, avec des allées bien soignées. Tirya tâta la terre sous les bordures de fleurs. Elle était humide et témoignait d'un arrosage récent. « Les jardiniers ont fini leurs travaux par ici. Je ne risque plus de me trouver nez à nez avec eux. » Elle se dirigea vers une aile du palais où brillaient quelques lumières. Des bruits de voix lui parvinrent avant même qu'elle ne distinguât les silhouettes. Tirya se glissa derrière des grenadiers. De sa cachette, elle aperçut Oumentep affalé sur un banc tapissé de coussins ; il se faisait servir du vin frais par une servante. Une deuxième achevait de ranger ses onguents. Un homme était debout près du maire, raide comme un piquet. Des lampes à huile, disposées en cercle, éclairaient la scène et tenaient les moustiques à l'écart.

— Ton massage m'a délassé, dit Oumentep à la femme qui refermait son petit coffre. Je sens que je vais bien dormir cette nuit. Y a-t-il eu des affaires urgentes ? poursuivit-il en se tournant vers son secrétaire.

— Rien que je n'ai pu régler moi-même, répondit l'homme.

— Des demandes d'audience particulières ?

— Hormis celle du chef des bateliers qui souhaite que tu revoies les taxes de transit à la baisse, le scribe de la porte n'a enregistré aucune demande digne d'intérêt.

« Le scorpion ! ragea Tirya. J'aurais pu attendre longtemps avant d'avoir une entrevue avec le maire. Je lui ferai avaler sa tablette avec ses papyrus à ce barbouilleur d'hiéroglyphes ! »

— Des nouvelles de Saïs ?

— Pharaon a envoyé son armée contre Cyrène. Nous n'aurons pas d'informations avant la chute de la ville.

— Et... Amasis ?

Le cœur de Tirya se mit à battre plus fort. Le secrétaire avait-il appris quelque chose sur son père depuis tout ce temps ? Elle tendit l'oreille.

— La charrerie a été lancée à ses trousses. Un messager m'a appris récemment qu'Amasis avait réussi à gagner la mer avec ses Hommes de Bronze. La confrontation aura lieu sur le champ de bataille, devant Cyrène.

— Elle a peut-être lieu en ce moment, releva Oumentep.

— Peut-être...

Comme son maître n'avait plus de questions, l'homme s'inclina et repartit. La masseuse lui emboîta le pas. Tirya avait envie de parler seule au maire, mais la servante s'éternisait près de lui. Tirya se décida néanmoins à sortir de l'ombre. Quand la jeune femme l'aperçut, elle poussa un petit cri d'effroi et se versa du vin sur les doigts. Oumentep tressaillit, regarda derrière lui.

— Que... ?

— Je ne suis pas une voleuse, se défendit Tirya. Je veux simplement vous parler. C'est une affaire très grave qui m'amène chez vous.

— De nuit ? Dans mes jardins ? Je vais te faire

chasser par mes gardes ! Il y a un scribe au palais dont la tâche consiste à prendre note des doléances.

— Votre suceur de calames est aussi buté qu'un âne. Il n'inscrit que ceux qui lui offrent le pot de vin.

— Il suffit ! tonna Oumentep. Va chercher deux soldats ! ordonna-t-il à la servante. Qu'ils apportent une canne pour la bastonnade ! Il t'en coûtera la peau du dos de t'être introduite chez moi, reprit-il en décochant un vilain sourire à Tirya. Sache qu'il n'y a rien de plus important que mon repos.

— Je suis Tirya...

— Tu peux bien t'appeler Isis, Bastet ou Hathor que tu n'échapperas pas au bâton.

— ... la fille du général Amasis.

— Ah ! lâcha-t-il dans un hoquet de stupéfaction. Re... Reviens, bredouilla-t-il à l'adresse de la servante. Ou plutôt non, rentre te coucher, je n'ai plus besoin de toi.

— Je préviens tout de même les gardes ? s'enquit la jeune femme, hésitante.

— C'est toi qui vas recevoir la bastonnade si tu ne te retires pas d'ici à l'instant !

Il la regarda s'éloigner, puis il invita Tirya à prendre place sur le banc à côté de lui.

— Que viens-tu faire ici ? commença Oumentep. La kenebet a rendu son jugement. J'ai toujours apprécié ton père, et je suis désolé de ce qui lui arrive, mais je n'y peux rien.

— J'aimerais savoir comment s'est déroulé le procès.

Oumentep eut un soupir de lassitude.

— Je suis sûre que mon père est victime d'un complot, reprit Tirya. Il faut m'aider.

— Le général est très connu, et je le considérais comme un honnête homme. J'ai essayé de le défendre, mais mes arguments ont volé en éclats devant les preuves accablantes de sa culpabilité. Les pilleurs l'ont chargé. Je n'ai pas pu contrer leurs témoignages.

— Il y a forcément une faille, insista la jeune fille. Il faut réétudier tous les éléments. Djet et Nekab ont été trahis. Ce qui signifie que quelqu'un était au courant de leur expédition dans la Vallée des Reines. Quelqu'un qui savait avec précision où et quand ils allaient intervenir.

Oumentep eut un geste de fatalité.

— Un complice écarté désireux de se venger, dit-il, un homme qui aura surpris une conversation dans une taverne...

Tirya ouvrit des yeux étonnés.

— C'est à vous de me l'apprendre !

— Comment le saurais-je ? C'est Ouri, mon officier de sécurité, qui m'a mis au courant. C'est lui qui reçoit les plaintes et mène les interrogatoires. Quand il m'a averti que des pilleurs de tombes allaient opérer dans la Vallée, je n'ai pas douté de sa parole. Je lui ai toujours accordé ma confiance.

— L'homme qui a dénoncé les voleurs, vous l'avez vu ? Qui était-il ?

— J'ai demandé à Ouri de le faire comparaître devant moi, mais l'individu s'était déjà éclipsé. La kenebet a dû se dérouler ensuite sans lui.

— Vous n'avez pas trouvé étrange l'attitude de ce personnage ?

Le maire replia un pan de sa robe sur ses genoux.

— Si, admit-il, mais les voleurs étaient bien au rendez-vous. J'ai pu le constater par moi-même.

— L'homme qui les a livrés a-t-il déclaré que mon père était leur chef?

— Ouri ne m'a rien dit à ce sujet. Ce sont les deux fripouilles qui ont parlé d'Amasis.

— Et vous les avez crues?

Oumentep déclara sur un ton évident :

— On ne ment pas sous la torture. Djet a évoqué les Hommes de Bronze. Comment cette canaille aurait-elle pu savoir que ton père était général des mercenaires grecs si elle ne l'avait jamais rencontré?

— On a pu les en convaincre. Franchement, vous pensez que mon père se serait présenté avec ses titres?

— Ces questions, je me les suis posées maintes fois, et je suis arrivé à la conclusion qu'Amasis avait dû être contraint d'avouer qui il était pour obliger les pillards à lui obéir. Bien qu'il m'en coûte de le dire, je pense qu'il comptait se débarrasser d'eux par la suite.

Tirya secoua la tête.

— C'est insensé... Je ne comprends pas pourquoi Ouri n'a pas fait rechercher l'homme qui a déclenché cette affaire.

— Il l'a fait, objecta Oumentep. Mais je dois reconnaître qu'il n'a pas déployé le zèle dont il est coutumier. Il s'est contenté de me rapporter que l'individu restait introuvable malgré les gens d'armes lancés sur sa piste.

— Sa fuite n'est-elle pas la preuve qu'il a menti? Qu'il n'avait pas la conscience claire?

— Non. Sans doute s'est-il sauvé par peur des représailles des bandes de voleurs... Puisque nous avions obtenu l'aveu des deux gredins, Ouri n'a pas jugé utile de poursuivre à fond ses investigations. Cela n'aurait rien changé de toute façon.

— Je n'en suis pas sûre. Si vous aviez interrogé le délateur, vous sauriez d'où il tenait ses sources.

— Je parlais du sort de Djet et de Nekab.

Il y eut un silence. Le jardin avait l'air pétrifié, sans un souffle de vent pour agiter les feuilles. L'eau des bassins ressemblait à une nappe d'argent tendue d'un bord à l'autre, tavelée de taches noires à l'emplacement des nénuphars.

— Votre officier est-il sérieux ?

C'était une petite phrase formulée d'une voix claire mais qui cloua le maire sur son banc.

— Ouri ? jeta-t-il dans un cri offusqué.

Sans lui laisser le temps de répliquer, Tirya renchérit :

— Imaginez un instant qu'il soit lié au complot. Aurait-il agi autrement ? Supposez que son mystérieux indicateur n'ait jamais existé. Que ce soit Ouri lui-même !

Oumentep parut ébranlé.

— Et il aurait engagé Djet et Nekab pour piller la tombe de Néfertari ? Mais ces gens-là le connaissaient ! Ils n'auraient pas parlé d'Amasis !

— Il aura agi par l'intermédiaire d'un complice.

Le maire leva les bras au ciel.

— Mais pourquoi ? Et pour quelle raison impliquer Amasis ?

— Toute la question est là. D'autre part, Djet m'a affirmé que le commanditaire lui avait fourni un plan détaillé des tombeaux de la Vallée.

Oumentep sursauta comme s'il avait été piqué.

— Djet ?

Tirya évita le regard acéré du maire et se mordit les lèvres. Elle se sentit cependant obligée de lui raconter son expédition au camp de Ouadi Hamamat.

— Je ne vais donc pas tarder à recevoir un rapport officiel mentionnant l'évasion et la mort de Djet, grommela Oumentep. Je serais curieux de savoir comment l'administration du camp va réussir à l'expliquer. Sois sans crainte, continua-t-il avec un sourire, je tairai ton rôle dans cette affaire. Quant au plan trouvé sur Nekab, c'était un vieux papyrus datant de la fin des Ramsès[2]. À cette époque troublée, les fonctionnaires et les prêtres se laissaient facilement corrompre. Beaucoup ont recopié des plans mentionnant les cachettes des tombes royales, en échange de bijoux provenant de ces demeures d'éternité.

— En menant ses fouilles et ses enquêtes, Ouri aurait-il pu découvrir par hasard un de ces plans ?

— C'est probable, mais...

— Je vous supplie maintenant de me répondre de façon honnête en plaçant vos paroles sur le plateau de Maât[3]. En tenant compte de tous ces éléments, croyez-vous que l'officier Ouri est susceptible d'être mêlé à un complot ourdi contre mon père ?

Ce disant, Tirya eut une pensée pour Hermès. « Par Osiris, dans quel piège l'ai-je envoyé ? » Elle ressentit brusquement l'envie de se retrouver près de

2. Le XIe siècle avant J.-C.

3. Allusion à la pesée de l'âme devant le tribunal d'Osiris. L'âme doit être aussi légère que la plume de Maât si le défunt veut accéder aux champs d'Ialou, le paradis d'Osiris.

lui. S'il était arrivé malheur à son ami, elle n'aurait de cesse qu'Ouri n'ait été donné en pâture aux crocodiles.

— Je refuse d'envisager une telle hypothèse, répondit Oumentep.

— Ce n'est pas la réponse que j'attends. Vous êtes habitué à juger, vous devez avoir un avis.

— Il faut des preuves pour accuser les gens.

— Qui vous empêche d'interroger Nekab une nouvelle fois ? Demandez-lui de vous décrire l'homme qui lui a remis le plan. Il paraît qu'il est laid. Mon père ne l'est pas, lui ! Si nous parvenons à mettre la main sur le complice d'Ouri, une simple confrontation avec Nekab suffira à innocenter mon père. J'ai la conviction que le gaillard n'est pas loin, qu'il fait partie de l'entourage de votre officier. C'est peut-être un scribe, quelqu'un de votre maison...

— Holà ! s'exclama le maire. Tu veux envoyer tout mon personnel aux mines ?

Tirya eut la vision fugitive du scribe des audiences en train de marteler le roc à vingt coudées sous terre.

— Je te rappelle qu'il ne s'agit que d'une hypothèse, rappela l'homme en se levant. Je ne crois toujours pas en la culpabilité d'Ouri.

— C'est une hypothèse qu'il convient de vérifier, malgré tout.

— Soit. Dès demain j'envoie des soldats à Ouadi Hamamat, avec un ordre signé de ma main. Ils nous ramèneront Nekab.

— Ouri ne doit se douter de rien. Il serait capable de se placer en embuscade dans le but de tuer le voleur.

— Décidément, tu as une imagination débordante, reconnut Oumentep. Mais je suis bien certain, hélas, que nous retomberons toujours sur le même coupable. Entrons maintenant. La lumière faiblit, les lampes ne vont pas tarder à s'éteindre. Je vais faire préparer une chambre à ton intention. À propos, as-tu mangé ?

Tirya se leva à son tour mais elle hésita à suivre son hôte.

— Je préfère attendre mon ami grec. Il doit me retrouver au pied du mur de ton jardin. Il est allé interroger Ouri à la taverne de « L'œil d'Horus ».

— Eh bien, tu l'as envoyé à la mort ! conclut le maire.

Puis il partit d'un grand éclat de rire, montrant qu'il n'y croyait pas. Devant la mine effarée de la jeune fille, il lui proposa néanmoins d'envoyer un garde à la rencontre du jeune Grec. Rassurée, Tirya accepta de rentrer avec Oumentep. Ils longeaient un grand bassin planté de lotus quand une série de braiments déchira le silence.

— Cet âne vaut toutes les sentinelles de Thèbes, assura le maire. Il m'avertit qu'on grimpe à la muraille.

— C'est peut-être Hermès !

— J'aimerais en être certain avant de lâcher mes hommes contre lui.

Une forme se profila sur le sommet du mur, puis elle se fondit dans l'ombre d'un palmier. Tirya appela :

— Hermès ! C'est toi, Hermès ?

Pas de réponse. Seuls des craquements d'écorce. Puis le bruit mat d'un corps sautant sur le sol. Tirya retint le maire de lancer l'alarme.

— Hermès ? Hermès ? répéta-t-elle.

— Tirya ! Où es-tu ?

— C'est lui, assura la jeune fille, soulagée. Dirige-toi vers la lumière !

Hermès la rejoignit très vite, mais il eut l'air extrêmement surpris en découvrant Oumentep. Il pila.

— C'est le maire ? demanda-t-il.

— Tout juste, jeune homme. Qu'y a-t-il de si étonnant à me trouver chez moi ?

— Tu... Tu es sa prisonnière ? questionna Hermès, sur la défensive.

— Sa... ? Tu es fou ! L'odeur du vin t'est montée à la tête. Viens, fit-elle en lui tendant la main, je suis heureuse que tu aies réussi à échapper à Ouri.

— À Ouri ? Mais...

Hermès était complètement perdu. Qu'avait bien pu lui raconter Oumentep ? Tirya vit son trouble. Elle jugea utile de préciser :

— Ouri est certainement l'un des conspirateurs.

Hermès lui attrapa la main, amena Tirya contre lui et chuchota :

— Non, c'est Oumentep !

— Moi, un traître ? s'esclaffa le maire qui avait entendu. D'où tiens-tu cette drôlerie ?

— L'officier a parlé, déclara Hermès en regardant Oumentep bien en face. Et c'est vous qu'il accuse !

Le visage de l'homme changea d'expression.

— Alors Ouri serait réellement mêlé à cette affaire, et il me charge pour égarer les soupçons ? Dans ce cas, en allant lui parler, tu l'as mis en alerte. Mais il s'est peut-être simplement amusé à tes dépends.

— Trouvez un prétexte pour appeler et retenir votre officier au palais, intervint Tirya. Confiez-lui la mission de garder la salle des archives ou de surveiller un scribe aux agissements douteux. Postez-le dans l'entrée, par exemple. Le temps de faire revenir Nekab et de lui soutirer d'autres renseignements.

— Tu as raison, approuva le maire. Une vérification s'impose. Je vais quérir la garde.

— Attendez !

Le cri d'Hermès l'arrêta net. Oumentep se retourna vers lui, attendant une explication. « L'un des deux est un menteur, raisonna en silence le jeune Grec. Mais lequel ? Ouri ou Oumentep ? Je n'ai qu'un moyen de le savoir. » Hermès s'approcha de l'homme.

— Il y a une chose qui me tient à cœur, commença-t-il.

— Oui ?

D'un geste vif, l'éphèbe plongea sa main dans l'échancrure du col du maire, attrapa un pendentif et tira d'un coup sec pour l'arracher de son cordon.

— Le scarabée de Néfertari ! s'écria-t-il en l'exhibant sous le nez de Tirya. C'est bien Oumentep le traître !

Hermès profita de la surprise du maire pour lui envoyer une bourrade dans le ventre. Oumentep hoqueta, se plia en deux. Le jeune homme le projeta alors dans le bassin.

— Cours ! Cours ! lança-t-il à Tirya, sidérée.

Il l'entraîna vers le fond du jardin, grimpa derrière elle jusqu'en haut du palmier. Ils passèrent le mur comme Oumentep s'extrayait enfin du bassin. L'âne roux se remit à tempêter quand les jeunes gens se laissèrent choir sur son dos. Il les poursuivit lorsqu'ils s'enfuirent dans la rue, les talonnant de ses ronflements sonores.

Des soldats surgirent du palais, la torche à la main, et se précipitèrent derrière les fuyards, guidés par les braiments de l'animal.

Hermès avisa une échelle appuyée contre un mur. Tirya et lui y montèrent en catastrophe, la retirèrent une fois arrivés sur une terrasse. Des poteries étaient rangées dans un angle. Hermès saisit un vase et, après avoir visé la croupe de l'âne planté devant la maison, il le laissa tomber. L'âne fit un bond sous le choc. Il poussa une sorte de plainte indignée puis se sauva en claironnant de plus belle. Les soldats se ruèrent après lui. La nuit retentit encore un moment des clameurs, puis le bruit s'estompa.

— J'espère que tu sais ce que tu as fait, siffla la jeune fille entre ses dents.

— Toi qui lis les hiéroglyphes, quel nom déchiffres-tu sur ce scarabée ?

Tirya le prit, l'éleva dans un rayon de lune, plissa les yeux, puis examina l'inscription.

— Oumentep ! déclara-t-elle.

Elle passa l'index sur les signes.

— Mais on a gravé le nom par-dessus un autre, ajouta-t-elle aussitôt. Je sens des irrégularités sur le cartouche.

— Nous tenons une preuve contre Oumentep. Le trésor n'a jamais regagné la tombe royale. Si je ne t'avais pas arrachée à lui, le maire te gardait en otage. Par toi, il obtenait la tête de ton père.

Hermès raconta à Tirya son entrevue avec l'officier.

— Ouri est prêt à témoigner contre le maire si nous lui assurons une protection pendant le procès... ainsi qu'une promotion. Il a décidé de se cacher jusqu'à l'arrestation du maire car il ne connaît pas tous ses complices. Il faut porter l'affaire au plus vite devant Pharaon.

— En attendant, les comploteurs sont toujours libres d'agir à leur guise ! Si seulement nous connaissions l'identité de l'officier venu à Thèbes sur son char...

— Ouri n'a vu que son visage : une méchante balafre sur la joue droite, et l'œil droit constamment fermé. Une vilaine figure, comme l'avait souligné Djet... Qu'y a-t-il ? Tu en fais une tête !

— Une cicatrice ! Une paupière qui ne se lève jamais ! Mais c'est... !

13

LE SORT DES ARMES

L'aube pointait au-dessus de Cyrène. Une aube jaune, livide, avec des reflets lunaires sur des nuages violets. Debout dans son char à côté de son maître d'attelage, Tefnekh gratta la cicatrice qui ornait sa joue droite. De son seul œil valide, il observait les murailles de la ville assiégée. C'était une citadelle imposante, forte d'une dizaine de milliers d'habitants. Ramose avait disposé ses chars sur plusieurs lignes, prêt à déclencher l'attaque. Les Libyens grouillaient à main gauche, impatients de livrer bataille.

Ramose prenait plaisir à prolonger l'attente. Il imaginait la terreur des colons grecs dans la ville, l'excitation de ses hommes et de ses chevaux, la frénésie qui secouait les Libyens et les poussait à jeter des ululements stridents. Il respira à fond, goûtant cet instant magique qui faisait de lui le maître de la guerre, qui le portait à se croire l'égal de Pharaon. Il avait besoin d'une victoire éclatante pour rentrer en grand triomphateur à Saïs. Dès lors, plus rien ne s'opposerait à ses projets. Roue contre roue avec le char de son commandant en chef, Tefnekh se pencha vers Ramose.

— Que va faire Amasis ?

— Rien du tout ! Il va se boucher les yeux et les oreilles, et rentrer sous sa tente. Je suppose qu'il est en train d'expliquer à ses mercenaires qu'il ne veut se dresser ni contre les Cyrénaïques ni contre l'Égypte. En agissant ainsi, en refusant son aide aux uns et son appui aux autres, il passera pour un traître dans les deux camps. Quand nous aurons brisé la résistance de la ville, je lancerai ma troupe et les Libyens contre lui.

— Nous n'attendons pas les fantassins ? Ils doivent être tout proches maintenant.

— Nos alliés sauront nous ouvrir la ville. Après quoi notre charge emportera tout sur son passage. Les défenseurs n'ont que des armes de jet et de rares épées. Nous allons tourner autour des remparts afin qu'ils épuisent leurs flèches et leurs javelines, ce qui permettra à Katfi de concentrer son assaut sur la porte sud.

Ramose leva son bras. Il regarda à droite, à gauche, pour vérifier si tous avaient les yeux braqués sur lui. Satisfait, il abaissa le bras tout en lançant un cri guttural. La charrerie s'ébranla. Au trot d'abord, à allure d'endurance ; puis elle prit de la vitesse, et c'est à plein galop qu'elle fonça vers les murailles de Cyrène. Dès qu'ils virent le mouvement des chars, les Libyens se ruèrent vers la forteresse en hurlant tels des possédés. Tout à coup un liseré d'or apparut au nord. Casques et boucliers étincelant sous le premier soleil, les Hommes de Bronze se placèrent au pas de course, sur trois rangs, entre les assaillants et l'enceinte. Ils pointèrent leurs lances face aux chevaux qui arrivaient, brisant la charge. Pour éviter que les bêtes ne s'empalent sur les piques, les maîtres d'attelage dévièrent de leur trajectoire et passèrent à un jet de flèche des remparts.

Côté sud, les guerriers de Katfi avaient atteint la lourde porte et commençaient à la frapper à coups de hache. Ils durent refluer sous une grêle de pierres, de flèches et de javelots. Ils s'abritèrent alors derrière de grands boucliers d'osier, posèrent un genou au sol et bandèrent leurs arcs. Une nuée de flèches s'élevèrent en sifflant vers le ciel, s'incurvèrent, retombèrent sur les tours. Katfi profita d'un moment de flottement sur le chemin de ronde pour guider un groupe vers la porte. Ils l'aspergèrent d'huile, jetèrent des torches. C'est alors que Ménélas et un flot de mercenaires se précipitèrent sur eux, les forçant à reculer.

— Les Hommes de Bronze s'interposent entre l'ennemi et nous, ragea un Libyen. Ramose se contente de tourner autour des Grecs. Qu'est-ce qu'il attend pour les culbuter ?

— Il craint pour ses chevaux, répondit Katfi. Mais il lui faudra bien renverser les soldats d'Amasis s'il veut montrer qu'il est de notre côté.

Ramose avait dirigé ses chars vers une petite éminence. Là, il s'était arrêté pour étudier le champ de bataille. Les Libyens s'étaient reculés de cent pas et s'apprêtaient à tirer sur les mercenaires. Des centaines de flèches s'envolèrent soudain des créneaux, s'abattirent sur les hommes de Katfi. Ceux-ci rompirent leur formation, se retirèrent en laissant bon nombre de morts sur le terrain.

— Amasis ne prend pas l'offensive, déclara Katfi aux chefs regroupés autour de lui. Son intention est de protéger Cyrène tout en ménageant les troupes égyptiennes. Nous devons le forcer au combat, l'éloigner de la muraille et permettre à Ramose de l'assaillir par-derrière. Désormais l'objectif est d'anéantir les Hommes de Bronze. Nous nous occuperons de Cyrène après.

Sur les ordres de Katfi, les Libyens firent chauffer de l'huile, en remplirent de petites gourdes, les fixèrent à leurs flèches et les enflammèrent. Puis ils les envoyèrent sur les Grecs. L'impact fit éclater les gourdes, projetant des gouttes de feu sur les soldats. Les panaches des casques s'embrasèrent, de même que les barbes, les tabliers de cuir et les vêtements de tissu qu'ils portaient sur la peau. Les casques roulèrent à terre, les hommes lâchèrent leurs armes pour dégrafer les deux parties de leur cuirasse. Par endroits, le sol brûlait avec de petites flammes bleues, obligeant les Grecs à rompre leur position.

— Pique au poing ! hurla Amasis. Ramose et les Libyens attaquent !

La masse déferlante des chars ondula dans la plaine. Cette fois, quelles que puissent être ses pertes, Ramose était décidé à submerger le régiment d'Amasis. Les archers, dans les chars, décochèrent leurs traits sur les Hommes de Bronze. Les flèches rebondirent sur les boucliers avec des crépitements sinistres, percèrent des gorges. Les mercenaires se resserrèrent pour combler les trous provoqués par les morts. La charge arriva de pleine face. Les chevaux de tête s'embrochèrent sur les lances, mais le choc éventra le mur de fer et écrasa le premier rang de soldats contre le deuxième rang. Les Grecs projetèrent leurs piques sur la vague suivante, fauchant quantité de chevaux. Les bêtes, maculées de poussière et de sang, s'écroulèrent en poussant des hennissements de terreur, brisant le timon, renversant la nacelle avec ses occupants. Les nombreux chars culbutés freinaient la puissance des assauts, gênaient les mouvements des maîtres d'attelage. Ramose ordonna le retrait.

— Katfi va s'occuper de ceux-là ! cria-t-il à Tefnekh qui restait toujours dans son sillage. Regroupons nos forces pour une nouvelle percée, plus loin. Avec plusieurs trouées dans leurs défenses, les Hommes de Bronze ne pourront pas tenir longtemps.

La charrerie opéra un grand arc de cercle. Pendant ce temps, les Libyens sautaient par-dessus les cadavres, enjambaient les nacelles défoncées pour engager un violent corps à corps avec les mercenaires. Les têtes tombaient, les crânes s'ouvraient en deux, les ventres dégorgeaient leurs intestins... Laissant le combat gronder à l'est et au sud, Ramose dirigea sa meute vers l'ouest, là où, lui semblait-il, la protection d'Amasis devait être moins effective, la presque totalité des Hommes de Bronze étant aux prises avec les troupes de Katfi.

— J'avais raison, marmonna-t-il, se parlant à lui-même, il n'y a qu'un rang de mercenaires. Je vais les enfoncer comme des mannequins de paille.

Il fit un signe. Ses chars se mirent en formation de tête de flèche. C'est alors que la porte ouest s'ouvrit en grand. Il en jaillit deux cents cavaliers, suivis au pas de charge par un millier d'hoplites — ces soldats spartiates, semblables en tous points aux Hommes de Bronze. Le roi Battos galopait en tête, une javeline à la main, un bouclier rond dans l'autre, un glaive pendu à la ceinture. La cavalerie fonça droit sur les chars. Ramose fut ébahi. C'était la première fois qu'il voyait des hommes montés sur des chevaux. Sa surprise fut telle qu'il oublia de ramener devant lui son bouclier de bois. Lancée avec dextérité, la javeline de Battos lui transperça la gorge.

L'homme tomba de la nacelle. Le char de Tefnekh lui passa sur le corps. Déséquilibré, l'engin versa, Tefnekh roula sous les sabots de Battos. Un conducteur cria :

— Ramose est mort ! Ramose est mort !

L'effarement fut si intense que les Égyptiens n'eurent pas l'esprit à réagir : les piques des Grecs les clouèrent sur leur nacelle. Les hoplites les entourèrent, firent tournoyer leurs glaives de bronze et tuèrent les chevaux, rendant les chars inutiles. Les hommes de Ramose se défendirent vaillamment, mais la mort de leur commandant en chef les avait décontenancés, et ils perdirent pied peu à peu. Beaucoup sautèrent des chars immobilisés et se frayèrent une voie de sortie en frappant de tous côtés. Dégagés du piège, ils s'enfuirent en direction du désert. Alors, appuyés par les Hommes de Bronze, les hoplites repartirent au pas cadencé pour soutenir Amasis contre les Libyens.

La porte sud flambait, menaçant de s'effondrer. Quand Katfi entendit le martèlement dans son dos, il crut que Ramose revenait pour enfoncer les battants, après avoir massacré les défenses à l'ouest. Il se retourna. Le spectacle l'atterra : les chars rescapés fuyaient en tous sens, harcelés par les cavaliers de Battos, et un mur de bronze arrivait sur lui. Le Libyen comprit à l'instant qu'il était perdu. Abandonnant ses guerriers, il se sauva à toutes jambes. Amasis l'aperçut qui détalait vers une colline. Le général avisa un char dont les occupants avaient été tués ; il grimpa dans la nacelle, saisit les rênes et les claqua sur la croupe des deux chevaux. L'attelage partit au galop à la poursuite du chef des Libyens.

Katfi courait, courait... Il bredouillait des mots de vengeance qui venaient crever avec des bulles de rage sur ses lèvres. Il sentit le danger, mais la peur était telle qu'il ne voulait pas s'arrêter pour l'affronter. Courir lui paraissait le meilleur moyen de rester en vie. Amasis le rejoignit. Le harpê brilla dans le soleil lorsque le général leva le bras. Il abattit son arme avec le geste d'un paysan maniant sa faucille. Fauché en pleine course, Katfi s'écroula.

Bousculés de toutes parts, les Libyens se rendaient en plantant leurs armes dans la terre et en s'inclinant, la main droite posée sur la nuque, l'autre à plat sur le sol. Une sonnerie de trompettes retentit tout à coup. Claire. Tel un appel jeté vers le ciel. Il s'ensuivit un très court silence, puis un crépitement de tambours roula. Le son monta, renvoyé par l'écho, pareil au tonnerre. La plaine se mit à bouger, à s'obscurcir de longues coulées d'hommes. L'infanterie d'Apriès ! Amasis se hâta de rejoindre sa troupe. Déjà la cavalerie de Battos se portait au-devant de ce nouvel ennemi. Ménélas reçut son général avec sa mine des mauvais jours.

— L'Égypte nous a attaqués la première, rappela-t-il. Nous ne lui devons plus rien. Mes Hommes de Bronze se rallient à Battos.

— Trop de sang a coulé devant Cyrène, rétorqua Amasis. Cette guerre fratricide doit cesser.

— Il est trop tard. Les deux armées sont face à face. L'Égypte et la Grèce vont se déchirer. Quel que soit ton choix, sache que mes hommes et moi avons été fiers de guerroyer sous tes ordres, général ! Que Zeus me préserve d'avoir à me battre un jour contre toi !

Ménélas salua Amasis puis il entraîna ses Grecs vers les cavaliers de Battos. Ceux-ci s'étaient étirés en une ligne, formant un front pour bloquer l'avance égyptienne. Les fantassins firent halte à leur tour. Sur ordre de leurs officiers, ils fichèrent les boucliers dans le sol, devant eux, puis ils bandèrent les arcs, flèches encochées. L'air résonna d'un cliquetis de métal lorsque les Hommes de Bronze prirent position devant la troupe de Battos. La cavalerie se scinda alors en deux, s'établissant aux ailes.

Un silence. Brutal. Le soleil jetait une lumière blanche, éclatante. Les Grecs l'avaient dans les yeux. L'atmosphère était si tendue qu'on avait l'impression que l'air vibrait de la tension des arcs. Une galopade fit tourner les têtes. Un char arrivait, seul. Il déboula au milieu du champ de bataille comme s'il n'appartenait à aucun des camps. Amasis arrêta ses chevaux entre les deux armées.

— L'Égypte et Cyrène pleurent de nombreux morts, commença-t-il d'une voix forte pour être entendu de tous. Que gagneront-elles avec un nouveau massacre ? Chacune en sortira affaiblie, s'offrant aux coups d'un puissant voisin qui attend l'instant où nous plierons la tête pour nous la couper. Qu'il soit de Ninive, de Babylone ou de Perse, celui-là est notre véritable ennemi ! Apriès nous a envoyés soutenir les Libyens, mais regardez-les ! Viennent-ils grossir les rangs de l'Égypte ? Non, ils se glissent derrière nous pareils à des ombres. Privés de chef, ils ne forment plus une armée mais une bande de pillards. Quand le sol sera jonché de vos cadavres, ils s'approcheront pour s'emparer de vos armes et de vos bracelets.

— Amasis a raison ! cria Ménélas. Rien de bon ne sortira d'un affrontement.

Kendjer, le commandant de l'infanterie, s'exclama :

— Nous devons obéissance à Pharaon. Il nous a demandé d'attaquer Cyrène.

— Son entêtement conduira l'Égypte à sa perte, déclara le roi Battos. Il n'y aura pas de vainqueur à l'issue du combat. Mon devin m'a affirmé que si la guerre éclatait entre nous, les flammes qui ravageront Cyrène auront tôt fait de brûler aussi toute l'Égypte : Sparte et ses alliés fondront sur le Delta, puis les peuples d'Asie Mineure, de la Mésopotamie, de l'Arabie... Il se passera de longues années avant que les papyrus ne refleurissent au bord du Nil. Apriès est vieux : il n'est plus capable d'apporter le bonheur à son pays. Choisissez-vous un autre Pharaon !

Kendjer ne répliqua pas. Il ferma les yeux, eut la vision de Saïs mise à sac par l'ennemi, puis la région incendiée, les habitants passés au fil de l'épée, Apriès jeté du haut de sa terrasse dans le bassin aux crocodiles... Lorsqu'il rouvrit les yeux, il fut frappé par l'image d'Amasis debout dans son char, droit comme un dieu, semblant ruisseler d'or sous la lumière de Râ. Il aspira une bouffée d'air, brandit son harpê, cria :

— Battos a raison. Qu'Amasis soit notre nouveau Pharaon ![1]

Les mots volèrent sans écho. Il se tourna vers ses sous-officiers, répéta :

— Amasis Pharaon !

Ménélas fut le premier à relancer la proclamation. Puis le roi Battos. Enfin la clameur jaillit de toutes les bouches. Les guerriers martelèrent les boucliers de leur lance, marquant leur accord. Kendjer marcha vers Amasis, lui tendit son arme et se prosterna devant lui.

— Relève-toi, dit Amasis, et reprends ton harpê. Tu gardes le commandement de mon infanterie.

Ovationné par l'ensemble des troupes, Amasis leva les deux bras en V. Battos s'approcha de lui, ainsi que Ménélas.

— La paix a besoin d'un homme tel que toi, assura le roi de Cyrène. Je vais lancer mes cavaliers à la poursuite de la charrerie qui a fui, non pour l'achever, mais pour la ramener vers toi.

— Joignons nos armées pour une démonstration de force. Que les Libyens comprennent que nous sommes désormais unis ! Quant à toi, Ménélas, je te nomme général des Hommes de Bronze et chef de ma garde personnelle.

Les ordres claquèrent. Les soldats s'ébranlèrent au pas cadencé et vinrent se placer devant Amasis en une gigantesque formation. Dirigeant lui-même son attelage, le roi Battos galopant à son côté, Ama-

1. Amasis fut réellement proclamé Pharaon par l'armée au cours du siège de Cyrène.

sis conduisit la marée des guerriers vers la ville. Là, il leur fit opérer un demi-tour, armes pointées vers l'intérieur des terres, et commanda de pousser un formidable rugissement. Quand les Libyens attardés dans les collines entendirent le cri sauvage qui scellait leur défaite, ils s'empressèrent de déguerpir.

Chaque camp, ensuite, se chargea de ramasser ses morts et ses blessés. On fabriqua des civières que l'on attacha aux chevaux, et on y installa les hommes les moins touchés. Les autres se recroquevillèrent au fond des chars encore intacts. Malgré sa chute sous les jambes du cheval, Tefnekh ne souffrait que de quelques contusions ; on put l'asseoir sur un bouclier tenu par deux soldats. Les cadavres furent enfermés dans des sacs de peau et fixés sur les ânes de bât. On replia les tentes, les soldats valides se chargèrent de transporter le matériel le plus léger. Les Hommes de Bronze et les blessés les plus graves repartirent vers les navires, les fantassins et ce qui restait de la charrerie reprirent le chemin des sables.

— Je t'inviterai à mon couronnement, déclara Amasis en serrant l'épaule de Battos. Nous établirons un traité de paix et d'assistance mutuelle, et j'aimerais que ton fils épouse ma fille Tirya.

— Il en sera fait ainsi, répondit Battos. L'alliance de nos familles sera le garant de l'alliance entre nos pays.

Ils se quittèrent. Amasis fouetta son attelage et remonta la colonne qui commençait à s'étirer dans la plaine. Quand le char d'Amasis le dépassa, Tefnekh eut un vilain rictus et remua de sombres pensées : « Ton triomphe sera de courte durée. Apriès ne se laissera pas déposséder de son trône. Les prêtres refuseront de couronner un Pharaon pilleur de tombes. C'est la mort, non la gloire, qui t'attend à Saïs. »

14

LE PAVILLON AUX LOTUS BLEUS

Tirya sauta de l'âne à l'entrée de Saïs.

— Je ne sens plus mes reins, se plaignit Hermès en l'imitant. J'ai l'impression d'avoir passé mon existence sur cette bourrique.

Après s'être glissés hors de Thèbes à la faveur de la nuit, ils s'étaient joints à une caravane qui, partie de la Nubie, faisait route vers le Delta afin de proposer aux habitants de Basse-Égypte des silex pour allumer le feu, des peaux de léopard, des queues de girafe pour servir de chasse-mouches, des plumes d'autruche, des plantes pour fabriquer des parfums... Pendant les trois semaines qu'avait duré la traversée du désert, Hermès et Tirya avaient apporté leur contribution à la vie des nomades en aidant à monter les tentes, en se chargeant d'emplir les outres aux points d'eau, en gardant les ânes et les chèvres lors des haltes. Akkad, le chef du convoi, avait bien compris que les deux jeunes gens étaient en fuite. Aussi s'était-il enfoncé dans le désert dans l'intention d'éviter les patrouilles qui contrôlaient les abords du Nil.

Tirya et Hermès remercièrent Akkad de les avoir cachés et menés jusqu'à Saïs, puis ils quittèrent la caravane et pénétrèrent en ville.

— Si Pharaon a pu me faire rechercher il y a six semaines, je pense qu'aujourd'hui plus personne n'aura l'idée de me regarder sous le nez, dit Tirya.

— D'autant que tu es vêtue d'un chiton et d'une sur-tunique grecs, appuya Hermès. C'est seulement au palais que l'on risque de te reconnaître. Si le complot contre ton père a gagné la capitale, Oumentep peut bien avoir des comparses dans l'entourage d'Apriès.

— Je crois plutôt que la conspiration est née d'un groupe d'officiers. Tefnekh à la vilaine figure est l'âme noire de Ramose. En discréditant mon père, Ramose entend contrôler l'armée à lui tout seul. Peut-être songe-t-il à prendre le pouvoir ?

— C'est probable ! Pharaon est vieux et il n'a pas de fils.

Ils empruntèrent une allée d'arbres menant au sanctuaire de Neith. Puis ils traversèrent un quartier d'artisans spécialisés dans la production et le tissage du lin. De longues bandelettes étaient tendues sur des cadres de bois. De la rue, on percevait le bruit des ateliers : grincements des cadres qu'on faisait pivoter autour d'un axe pour enrouler les bandelettes destinées aux momies, coups de gueule du maître artisan pour activer la cadence du travail, réprimandes au jeune apprenti... Les venelles étaient bruyantes de vies, chaudes des vêtements de couleurs et de peau cuivrée, lourdes d'odeurs de cuisson, de transpiration, d'ail, de cuir et de crottin d'âne. Les murailles blanches du palais dominaient les terrasses des maisons. C'était comme une seconde ville dans la ville, reliée au bras du Nil par un petit canal qui permettait d'accéder directement au palais sans avoir à louvoyer entre les différents quartiers.

Les sentinelles consignées à la porte de l'enceinte croisèrent leurs lances devant Tirya et Hermès, leur interdisant l'entrée.

— Où croyez-vous aller ? grogna l'un d'eux. C'est ici la Grande Maison de Pharaon.

— C'est lui que nous venons voir, répondit Tirya.

L'homme ricana.

— Tu veux te faire engager comme danseuse ? J'ignorais que les Grecques savaient rouler des hanches.

Fixant Hermès, il ajouta :

— Quant à toi, je suppose que tu aimerais être commis aux cuisines... On n'apprécie pas trop le graillon à l'huile d'olive. Rien ne vaut la graisse d'oie pour...

— J'en connais deux qui vont servir de suif pour préparer le repas des crocodiles, trancha la jeune fille. Fais prévenir Apriès que Tirya, la fille du général Amasis, désire s'entretenir avec lui. Presse-toi, c'est une affaire urgente !

L'homme la toisa d'un air outré. Pour qui se prenait cette fille ?

— Hé, mais c'est elle qu'on recherchait il y a quelque temps ! s'exclama le deuxième garde. On avait fini par croire qu'elle s'était noyée dans le fleuve en tentant de le traverser de nuit. Qui est le blanc-bec qui t'accompagne ? demanda-t-il d'un ton dur en pointant sa lance vers l'éphèbe.

— Le fils du roi de Sparte ! répliqua Tirya. Il est important que nous soyons reçus par Pharaon.

Les deux sentinelles échangèrent un regard.

— Surveille-les ! décréta l'un des hommes. Je vais prévenir l'officier de jour.

Il partit en courant. Hermès se pencha à l'oreille de son amie, murmura :

— Je ne sais pas si tu as eu une bonne idée en révélant ton nom.

— C'était la seule façon d'avoir accès au palais. Sois sans crainte, nous sommes au bout de nos épreuves. Quand Pharaon connaîtra la vérité, il aura tôt fait de réhabiliter mon père et d'arrêter les vrais coupables.

— Hum, si l'officier de jour est impliqué dans le complot...

Tirya soupira. Le Grec voyait des traîtres partout. C'était d'assurance dont elle avait besoin, pas d'insinuations qui portaient au doute.

— Si le garde tarde à revenir, si on surprend un mouvement de soldats dans la cour, on pourra toujours se sauver à toutes jambes.

L'homme heurta l'épaule de Tirya avec la hampe de son arme.

— Cessez de chuchoter, vous deux !

— Le revoilà, avertit Hermès à haute voix. Mais ce n'est pas son officier de jour qu'il nous ramène.

Tirya pencha la tête, l'homme se retourna. Une femme marchait à grands pas à côté du garde, dans l'allée.

— Tahoser, la fille de Pharaon...

La sentinelle se raidit, salua la princesse.

— Venez avec moi, ordonna Tahoser avec un geste de la main.

Elle fixa les gardes, poursuivit :

— Quant à vous deux, pas un mot à quiconque. Si

j'apprends que vous avez parlé — même à vos supérieurs — de la présence de Tirya, je vous ferai couper la langue avant de vous envoyer dans les carrières de silex. On n'est jamais trop prudents, acheva-t-elle à mi-voix à l'intention de Tirya et d'Hermès.

— C'est sûr, admit le jeune Grec. On ne se sentira en sécurité que devant Pharaon.

Tahoser les mena le long de l'allée.

— Pourquoi veux-tu voir Pharaon ? demanda-t-elle. Sais-tu que mon père est devenu l'ennemi du tien depuis qu'il a appris qu'Amasis faisait piller les tombeaux pour payer ses Hommes de Bronze avec l'or de l'éternité ?

— Mon père est innocent, affirma Tirya. J'apporte la preuve d'un complot fomenté contre lui.

— Quelle preuve ?

— Le scarabée de Néfertari. Je le porte en pendentif. Il aurait dû regagner la tombe ainsi que le trésor. Il était suspendu au cou du maire de Thèbes qui s'est partagé l'or avec le grand prêtre d'Amon. Et c'est Tefnekh, l'aide de camp de Ramose, qui a engagé les deux voleurs en se faisant passer pour mon père. Il suffira de le confronter à Nekab, l'un des pilleurs encore en vie, pour lever le doute. C'est lui aussi qui a rencontré Oumentep afin de le ranger dans son camp et obtenir le plan de la Vallée. J'ai un témoin : un officier qui l'a vu au palais.

— Tout cela est fort troublant, en effet, et la culpabilité d'Amasis ne semble plus si évidente. Une chance pour vous deux que j'aie pu intercepter le garde avant qu'il n'informe son officier de votre présence. Vous seriez arrêtés maintenant, et jetés dans quelque fosse. Mon père est en conseil. Je vais vous conduire dans son pavillon de jardin. Il viendra vous y rejoindre dès qu'il aura expédié ses affaires. J'irai le prévenir personnellement. Il vaut mieux éviter de vous montrer : certains sont si empressés de servir Pharaon qu'ils n'hésiteraient pas à lui apporter votre tête...

Ils passèrent sous des pergolas chargées de vigne, entre deux bassins rectangulaires entourés de palmiers doum[1] et de sycomores. Tahoser les dirigea vers un second jardin planté d'hibiscus, de figuiers à encens, de tamaris poivrés, d'acacias, d'ébéniers de Nubie et de bahmiers aux fruits gluants.

— Ton jardin est un régal pour les yeux comme pour le nez, releva Hermès. Je reconnais l'arôme de la menthe, du mimosa, des lis et du jasmin.

— Mon père aime se reposer en ce lieu, au milieu des massifs de fleurs, loin des tracas de la Cour.

— Et loin du caquetage de Ninétis et de ses amies, compléta Tirya. Nous sommes à l'opposé du bassin dans lequel s'ébattent les filles.

— L'endroit est propice à la méditation, expliqua Tahoser. On n'y rencontre que les jardiniers, et les seuls bruits sont ceux des oiseaux.

Le pavillon se trouvait au fond du second jardin. C'était une construction cubique aux murs blancs décorés d'une frise de lotus bleus. La terrasse ombragée, flanquée de quatre colonnes supportant le toit, se terminait par un petit escalier qui plongeait dans un étang à nénuphars et à lotus.

— Nous y serons à l'aise pour attendre ton père, dit Hermès.

1. Palmier qui donne une datte employée en médecine.

Tahoser les fit entrer dans l'unique pièce du pavillon. Il y avait peu de meubles, et les murs étaient nus. Une fenêtre à claustras donnait sur le jardin et dispensait une lumière tamisée.

— Je ne serai pas longue, assura Tahoser en les quittant.

— L'endroit est frais, la vue agréable, mais je ne suis pas à l'aise, conclut Hermès après le départ de la fille de Pharaon... Et toi, je te trouve bien songeuse, ajouta-t-il en observant Tirya.

— J'ai une étrange impression... Pourquoi Tahoser ne nous a-t-elle pas conduits au palais ? Les gardes n'allaient quand même pas nous appréhender en sa présence. Un ordre d'elle et ils se figent en statues dans les couloirs.

— Allons sur la terrasse. Je m'y sentirai déjà moins prisonnier qu'ici.

Hermès s'approcha de la porte, voulut l'ouvrir mais elle résista à sa poussée. Fermée ! Il se précipita vers la porte d'entrée, la secoua, mais elle était bouclée elle aussi.

— Nous sommes tombés dans un piège ! s'étrangla-t-il.

De rage, il se mit à tambouriner contre le battant.

— Ce n'est pas le moment de t'assommer contre la porte ! Calme-toi et laisse-moi réfléchir. J'ai besoin de comprendre ce qui se passe. Tahoser veut cacher notre présence à son père, c'est sûr, mais dans quel but ? Qu'est-ce que la fille de Pharaon a à voir avec le complot ?

— Moi, je m'inquiète surtout de notre sort. Il faut trouver le moyen de nous échapper.

Hermès s'empara d'une chaise, cogna sur la

fenêtre à claustras. En vain ! Il ne réussit qu'à effriter les briques et briser un pied de la chaise. Il la lança alors de toutes ses forces à travers la pièce, puis se mit à marcher de long en large en ressassant des mots-colère.

— Chut ! fit soudain Tirya. Écoute !

— Quoi ? Je n'entends que des oies qui trompettent.

— Justement. Je ne connais qu'une personne assez joueuse pour poursuivre les oies à travers les allées du jardin.

Elle se colla à la fenêtre, plaça ses mains en porte-voix et cria :

— Sehouna ! Sehouna !

Il y eut une envolée de criaillements, comme si une bête s'était jetée au milieu du troupeau. Hermès joignit ses appels à ceux de Tirya.

— Sehouna ! Sehouna !

Les cris s'espacèrent. Il semblait que la gamine avait brusquement cessé de taquiner les oies. Les deux jeunes gens relancèrent son nom à pleins poumons.

— Sehouna ! Nous sommes dans le pavillon !

Il se passa un court instant, puis la voix cristalline de la petite s'éleva, toute proche.

— Qui m'appelle ?

— C'est moi, Tirya ! Viens du côté de la fenêtre.

La gamine apparut, vêtue d'une ceinture de fleurs.

— Tirya ? s'étonna Sehouna. Qu'est-ce que tu fais là ?

— Je te raconterai plus tard. Cours prévenir Pharaon ! Qu'il nous sorte de là ! Lui seul peut nous sauver.

— Mais...

— Dépêche-toi ! Il est en réunion dans la salle du conseil. N'aie pas peur de le déranger, il...

— C'est pas vrai, rétorqua la fillette. Apriès est en train de nourrir ses crocodiles. Ah, tu ne peux pas savoir : il a fait mettre des crocodiles dans le grand bassin où tu étais tombée, juste sous les fenêtres de la Maison des Armées. Il y en a un énorme qui a réussi à se glisser sous les barrières et qui s'est promené dans le jardin, l'autre jour. Ce sont les jardiniers qui...

— Presse-toi ! la supplia Tirya, sinon c'est mon ami et moi qui allons finir sous la dent des crocodiles.

Sehouna partit en courant. Elle effraya les oies qui s'étaient regroupées, manqua se flanquer dans un puits d'arrosage en prenant un virage trop court et fila vers la Maison des Armées située dans l'aile gauche du palais. Tirya et Hermès restèrent à la fenêtre, impatients de la voir revenir avec Apriès. La porte s'ouvrit tout à coup dans leur dos. Tahoser et trois officiers armés ! Campée sur le seuil, mains aux hanches, la fille de Pharaon toisa ses prisonniers.

— C'est terminé pour vous deux, lança-t-elle. On vous retrouvera noyés dans le bras du Nil. Personne ne pleurera la fille d'un pilleur de tombes, et encore moins un voleur grec qui s'était introduit au palais pour dérober la statuette d'or de Bès.

— Tu divagues ! se défendit Hermès. Je n'ai rien volé du tout.

— Ah bon ? reprit Tahoser. C'est pourtant ce que croira tout le monde en découvrant cette statuette dans les plis de tes vêtements.

D'un mouvement de tête, elle désigna l'objet que l'un des hommes tenait enroulé dans un linge. Il défit les bandelettes, dévoila une figurine en or, haute d'une demi-coudée.

— Pourquoi?... balbutia Tirya, stupéfaite. Pourquoi?...

Tahoser referma le battant derrière elle et s'appuya contre le bois.

— Saisissez-les! commanda-t-elle.

Les trois hommes brandirent leur harpê, se ruèrent sur Hermès et Tirya.

15

LA FILLE DU SOLEIL

Tirya cessa de lutter quand la lame lui entailla la gorge. Ce n'était qu'une petite éraflure mais le sang se mit à couler. Écrasé sous le poids de deux hommes, à demi-assommé, Hermès ne bougeait plus. Tahoser approcha, un rictus de triomphe aux lèvres. Elle se pencha sur Tirya, passa son doigt sur le filet de sang puis, d'un geste brusque, elle arracha l'amulette que la jeune fille portait au cou.

— C'est donc ça le scarabée de Néfertari ! Ta superbe preuve ! Elle va finir dans le bassin des crocodiles, et je doute que quelqu'un y plonge un jour pour aller la récupérer. Il me manque le nom de l'officier qui a vu Tefnekh chez le maire de Thèbes. Celui-là n'aura pas une longue carrière. Quant à Nekab, il périra bientôt sous une avalanche de pierres.

Elle attrapa Tirya par les cheveux, lui renversa la tête en arrière.

— Le nom de l'officier ! demanda-t-elle alors d'un ton sec.

Tirya la regarda. Elle ne reconnaissait plus la Tahoser si souvent alanguie au bord des étangs. À cet instant, ses traits s'étaient durcis, ses yeux brillaient d'un éclat noir, inquiétant.

— Pourquoi fais-tu cela ? Quel but poursuis-tu en accusant mon père ?

— Je n'ai pas à te répondre.

— Je crois que si, ma fille !

La voix avait claqué dans son dos. Pharaon se tenait dans l'entrée, porte grande ouverte, serrant encore dans sa main la menotte de Sehouna. Il renvoya la gamine auprès des jardiniers attroupés devant le pavillon. Les trois officiers s'inclinèrent devant lui.

— Lâchez Tirya et ce jeune homme ! ordonna Apriès. Ce que je viens d'entendre m'incite à penser que vous n'avez pas attrapé les bons coupables.

Les hommes hésitèrent à lui obéir. Ils quêtaient du regard l'approbation de Tahoser. L'espace d'un éclair, Apriès eut la sensation qu'ils allaient se jeter sur lui pour l'assassiner. Il haussa la voix pour être bien compris des gens du dehors.

— Khétra, Semout, Imofer, jetez vos armes ! Et que l'on aille quérir mes gardes !

Deux jardiniers se hâtèrent vers le palais, rameutant au passage tout le personnel qu'ils rencontraient.

Tahoser inclina la tête. Les harpês tombèrent sur le sol. Tirya se précipita vers Hermès, l'aida à se relever.

— Personne ne sort, dit Pharaon en empêchant sa fille de passer le seuil.

Il lui présenta sa main, paume ouverte. Elle lui remit le scarabée de Néfertari. Il l'examina rapidement, constata qu'Oumentep avait gravé son nom sur le cartouche de la reine.

— Je t'écoute, fit-il en s'adressant à Tirya.

La jeune fille lui raconta ce qu'elle et Hermès avaient appris à Thèbes, la façon dont ils étaient entrés en possession du scarabée d'obsidienne, et l'étrange attitude de Tahoser lorsqu'enfin ils étaient parvenus au palais. Apriès s'assit lourdement dans un fauteuil, se passa une main sur le visage et exhala un profond soupir. Ses gardes investirent enfin le pavillon.

— Emmenez ces trois officiers au-dehors, et restez tout autour ! Refermez la porte derrière vous !

Quand il ne resta plus que Tahoser, Tirya et Hermès avec lui, Apriès demanda à sa fille de s'expliquer.

— Tu n'as pas de fils pour assurer ta succession, commença-t-elle. Ramose va m'épouser à son retour de guerre, avec ou sans ton consentement. Après tant d'années de défaites, Thèbes pillée par Assourbanipal, notre incapacité à secourir l'Assyrie, notre armée écrasée à Karkémish, la révolte des Kouchites, Jérusalem prise par Nabuchodonosor[1], il convient de donner à l'Égypte un Pharaon glorieux. Tu es vieux et faible, les partis que tu me proposes ne m'intéressent pas. Ramose sera notre nouvel homme fort.

1. Pharaon Psammétique Ier, inquiet de la puissance babylonienne, tenta en vain de secourir l'Assyrie qui succomba en 612 av. J.-C. Nabuchodonosor II écrasa l'armée égyptienne de Nekao à Karkémish (nord de la Syrie) en 605 av. J.-C. Psammétique II dut se retourner contre les Kouchites (au sud de l'Égypte) qui préparaient une nouvelle invasion. À la suite d'une politique désastreuse menée par Apriès en Palestine, Jérusalem fut détruite de fond en comble et ses habitants emmenés en captivité à Babylone (586 av. J.-C.).

— Fallait-il pour autant calomnier Amasis ? gronda Apriès.

— C'est mon père qui a contré l'invasion des Kouchites et les a repoussés au-delà de la quatrième cataracte, rappela Tirya. Lui et ses Hommes de Bronze !

— C'est exact, admit Pharaon. Il était alors un tout jeune officier.

— Et sa gloire n'a cessé de monter, cracha Tahoser, à tel point qu'il portait de l'ombre au Maître des Deux Terres[2]. Voilà la raison pour laquelle il fallait le briser. Personne ne doit égaler Pharaon. Quand Ramose reviendra de Cyrène, il sera auréolé de sa victoire. Si Amasis revient, il sera entaché d'infamie.

— Puisqu'il est innocent... protesta Apriès.

— Qui le sait ?

— Nous le savons ! assena Tirya.

Tahoser ignora l'objection. Elle poursuivit :

— J'ai tout calculé, tout mis en place moi-même. Ramose n'aura qu'à s'installer sur le trône que je lui ai préparé.

— Il n'est au courant de rien ?

— Bien sûr que si ! C'est lui qui a dépêché Tefnekh à Thèbes, auprès des deux voleurs puis du maire Oumentep qu'il a gagné à notre cause. L'or de Néfertari a aussi servi à nous attacher le clergé d'Amon. Nombreux sont ceux qui souhaitent une Égypte débarrassée des étrangers grecs : l'armée d'abord, qui jalouse les Hommes de Bronze, nos artisans ensuite qui ne peuvent rivaliser avec les marchands enrichis de Naucratis. Nous voulons une

2. Autre titre du pharaon.

Égypte rendue à elle-même, un retour à la puissance de Ramsès ! Et nous transférerons notre capitale de Saïs à Thèbes, comme aux temps anciens.

Hermès glissa à l'oreille de Tirya :

— Apriès hésite. Il est prêt à épouser les idées de sa fille. Il va falloir défendre notre vie.

Tirya se planta devant Pharaon.

— Les dieux vous jugent. Vous représentez Horus vivant, vous ne pouvez dévier de la règle de Maât. Vous devez à votre pays droiture et vérité. Rendez justice à mon père !

— Je ne peux renier ma fille, murmura Pharaon d'un ton si bas qu'il fut à peine perceptible. Admettre sa faute, c'est jeter le discrédit et la honte sur ma famille et sur moi.

Tahoser triomphait. Elle s'exclama :

— Je suis fille de Râ. C'est par moi que passe la légitimité qui nous relie à Horus. En m'épousant, Ramose deviendra le fils de la Lumière, et nous perpétuerons notre dynastie. Maintenant, il faut supprimer ces deux-là ! Mais auparavant, je veux connaître le nom de l'officier de Thèbes. Fais appeler mes trois officiers, dit-elle à son père, ils sauront leur délier la langue.

Comme Pharaon, accablé, ne réagissait pas, Tahoser se décida à aller les chercher elle-même. Tirya lui bondit à la gorge avant qu'elle n'atteigne la porte. Hermès ramassa un harpê et en menaça Apriès. Il en profita pour lui reprendre le scarabée de Néfertari que le monarque tenait toujours dans sa main.

C'est alors qu'on frappa à la porte. Des coups rapides, précipités, qui trahissaient une grande émotion.

— Hemef[3] ! Hemef ! L'armée est de retour de Cyrène ! Les bateaux des Hommes de Bronze sont en train d'accoster au port, et Amasis parcourt les rues de Saïs sur son char.

La nouvelle abasourdit Apriès. Les Hommes de Bronze à Saïs ? Leur port d'attache était à Naucratis. Qui leur avait permis d'entrer dans la capitale ? Pourquoi était-ce Amasis et non Ramose qui caracolait devant les troupes ? Il se leva, passa entre Tahoser et Tirya pour les séparer, ouvrit la porte, se campa sur le seuil. Hermès se plaça derrière lui.

— Prenez garde, lui souffla-t-il. Tout Pharaon que vous êtes, je vous enfoncerai la lame dans le dos si je sens ma vie en danger.

Apriès avisa à ce moment un char qui remontait l'allée à vive allure. Gardes et jardiniers s'écartèrent. Le conducteur arrêta ses chevaux, sauta à terre, se prosterna aux pieds de Pharaon.

— Parle ! ordonna Apriès. Quelle rumeur nous apporte le Nil ?

— Ce n'est pas une rumeur, s'excusa le messager sans se redresser. Cyrène n'est pas tombée. Amasis s'est allié au roi Battos.

— Ramose a laissé faire ?

— Ramose est mort. Amasis est devenu le commandant en chef de toutes les armées.

Tahoser poussa un cri. Ses jambes flageolèrent, et elle s'affala sur les genoux, pliée en deux, la respiration coupée. Un sursaut de colère agita Apriès lorsqu'il déclara :

3. Majesté !

— C'est moi qui suis à la tête de toute l'armée d'Égypte !

— Pardonnez-moi, Hemef, souligna le messager en se tassant encore un peu plus, mais les soldats ont nommé Amasis Pharaon.

— C'est impossible ! jeta Apriès d'une voix de fausset.

Puis il se tut, avec l'impression de se ratatiner de l'intérieur.

Tirya, qui tenait toujours fermement Tahoser par la nuque, lui releva le visage.

— Les dieux ont fait leur choix, déclara-t-elle. J'espère que tu seras au goût des crocodiles.

Quand un héraut annonça l'entrée d'Amasis au palais, Tirya ne contint plus sa joie. Princesse ! Elle allait devenir princesse ! Elle en avait les larmes aux yeux. Hermès était aussi ému qu'elle : il avait désormais pour amie la première fille d'Égypte. Des gardes étaient en faction dans le grand couloir qui menait à la salle du trône. Ils présentèrent les armes à Amasis comme ils avaient l'habitude de le faire pour Apriès. Tirya attendait son père devant la salle du trône. Lorsqu'elle l'aperçut au détour du couloir, solidement encadré par les hommes de Ménélas afin de prévenir tout acte insensé de la part d'un fidèle d'Apriès, elle courut se jeter dans ses bras.

L'homme la serra contre lui, l'embrassa, puis il l'écarta légèrement pour entrer dans la salle.

— Hé ! se rebiffa Tirya. C'est comme ça que tu m'accueilles ? Sans moi et mon ami Hermès, c'est dans les mines de sel que ces mêmes soldats te conduiraient.

Amasis la fixa, surpris.

— Qu'est-ce que tu racontes ?

— Je viens de déjouer un complot qui faisait de toi le chef d'une bande de voleurs d'éternité.

Amasis s'arrêta. Son escorte pila net.

— Tu déraisonnes ! dit-il à sa fille.

Tirya pirouetta sur les talons, flattée d'attirer tous les regards.

— Je t'expliquerai, minauda-t-elle. C'est grâce à Hermès et à moi... — elle fit signe au jeune Grec d'approcher — ... c'est grâce à nous deux qu'Apriès te tombe dans la main tel un fruit pourri.

Amasis se rendit compte à ce moment que sa fille portait un chiton et qu'elle avait noué ses cheveux à la mode grecque. Il salua Hermès d'un mouvement de la tête.

— Tu m'exposeras tout cela dans un instant, mais je dois d'abord m'occuper d'Apriès. Il est là-dedans ? demanda-t-il en désignant la salle du trône.

Tirya hocha la tête. Elle précisa :

— Je suppose qu'il hésite sur la conduite à adopter : se cacher derrière le trône ou se jeter d'une fenêtre dans le bassin aux crocodiles.

Les gardes ouvrirent la porte. Tirya devança tout le monde en se précipitant dans la salle.

— Il est temps de vous rendre, lança-t-elle à Apriès debout près de son trône.

La main de son père se posa sur son épaule. Elle comprit que son rôle terminait là, que les décisions revenaient à Amasis. Le Pharaon déchu reçut son général la tête haute, le ton plein de morgue, mais lorsqu'il croisa le regard de défi de Tirya, il n'offrit plus aucune résistance et se laissa déposer sans réagir, craignant qu'elle ne dévoile devant tous l'infamie de Tahoser.

Dans les jours qui suivirent, la kenebet confronta Tefnekh à Nekab. Le maire de Thèbes reconnut tous les faits qui lui furent reprochés, notamment le vol du plan dans la salle des archives. Pour s'attirer la grâce du tribunal, il dénonça les conspirateurs au nombre desquels figurait le grand prêtre de Karnak. Tefnekh fut décapité, ainsi que les officiers membres du complot. Oumentep et le grand prêtre furent bannis d'Égypte, et leurs noms effacés des documents officiels. Quant à Apriès et sa famille, Amasis les confina à Memphis, dans une aile de l'ancien palais royal. L'officier Ouri, lui, monta en grade : il devint le haut responsable de la sécurité de Thèbes jusqu'à la Nubie.

— Ton père est trop généreux, déplora Hermès. Il laisse beaucoup d'ennemis dans son dos.

— Tahoser est une vipère, assura Tirya, et sa demi-sœur Ninétis ne vaut guère mieux, mais mon père ne veut pas faire couler le sang de ceux qui ont porté le titre de fils et de filles de la Lumière. Il estime que ce n'est pas un exemple à montrer au peuple. Quant à les expulser de la terre d'Égypte... il préfère les garder sous ses yeux.

— Il a peut-être raison, mais qu'il prenne garde : les serpents ont la faculté de se glisser partout.

Hermès et Tirya marchaient dans le jardin, le long des allées ombragées.

— Tu as conservé le scarabée de Néfertari...

Tirya posa la main sur son amulette.

— Le trésor de la reine a regagné son tombeau, dit-elle, sauf ce bijou. Mon père a fait disparaître le nom d'Oumentep et l'a remplacé par le mien. J'espère que la Grande Épouse de Ramsès II ne m'en voudra pas.

— Pourquoi t'en voudrait-elle ? Tout comme Néfertari, tu es à présent fille de Râ et d'Horus.

— Pas avant le couronnement de mon père, dans une semaine. Sais-tu qu'il a invité le roi Battos et son fils pour l'occasion ? On raconte que le jeune homme est fort beau...

— Pas du tout, objecta Hermès. J'ai surpris des propos à son sujet : c'est un bellâtre à face de singe, et son rire ressemble à un braiment d'âne.

Tirya s'esclaffa, puis elle pirouetta devant lui.

— Comment me trouves-tu dans mon vêtement de princesse ?

— Habillée de vent tellement la robe est transparente.

— Est-ce un reproche ? Les belles filles d'Égypte s'habillent ainsi.

— À Sparte aussi les filles dévoilent leurs jambes. On les appelle des montreuses de cuisses.

— Tu bougonnes, tu grognes, tu ronchonnes. À croire que tu regrettes que je devienne la fille du Soleil !

— Ce n'est pas ça...

Hermès donna l'impression de mâchonner les mots dans sa bouche ; puis il finit par avouer :

— J'ai peur que tu changes... que tu oublies ces jours qui nous ont rapprochés... que tu te laisses embabouiner par le premier prince venu.

Tirya ferma les yeux, sourit intérieurement.

— Ce qui signifie ?...

— Oh, rien du tout.

Elle ouvrit un œil, le regarda en coin.

— Tu es timide ou simplement stupide ?

— Ni l'un ni l'autre. Mais je sais que les filles ont souvent un scarabée[4] à la place du cœur.

— Tu vas tâter du mien, de scarabée !

Elle décrocha le pendentif de son cou, le serra dans sa main et, à grand rire, pourchassa son ami dans l'allée. La petite Sehouna sortit alors de derrière sa haie de tamaris. Elle suivit Tirya et Hermès des yeux, secoua la tête, et déclara d'un ton très docte à la marmotte qu'elle tenait dans ses bras :

— Qu'est-ce qu'on est bêtes quand on est amoureux. Viens, on va aller taquiner l'oie Smon. Ça mettra encore un peu plus d'animation dans le jardin.

4. Symbole du changement, de la transformation.

Les personnages

Tirya : 15 ans, fille d'Amasis et de Ténet.

Amasis : général des mercenaires grecs, futur Pharaon.

Ténet : mère de Tirya, décédée depuis deux années (en – 570 av. J.-C.).

Méris : vieille nourrice de Tirya.

Apriès : Pharaon.

Tahoser : fille légitime d'Apriès.

Ninétis : demi-sœur de Tahoser, fille d'Apriès et d'une concubine.

Sehouna : gamine du palais.

Oumentep : maire de Thèbes.

Ramose : commandant en chef de la charrerie.

Tefnekh : aide de camp de Ramose.

Ménélas : officier grec sous les ordres d'Amasis.

Djet et Nekab : pilleurs de tombeaux.

Ouri : officier de sécurité à Thèbes.

Hermès : 16-17 ans, ami grec de Tirya.

Lysias : père d'Hermès.

Despina : mère d'Hermès.

Adonis : jeune serviteur grec.

Katfi : chef des tribus libyennes, allié d'Apriès.

Battos II l'Heureux : roi de Cyrène.

Kendjer : commandant de l'infanterie égyptienne.

Akkad : chef de caravane.

Les divinités

Amon, le grand dieu égyptien de Thèbes.

Anubis, dieu égyptien, conducteur des âmes, intermédiaire entre l'au-delà et le monde des vivants.

Aphrodite, déesse grecque de la beauté et de l'amour.

Apollon, dieu grec, poète et musicien, protecteur des voyageurs.

Bastet, déesse égyptienne chatte, représente l'aspect bienfaisant du soleil.

Bès, génie égyptien plutôt que dieu. Protecteur du foyer, il tient les hommes éloignés du Mal et veille sur les femmes en couches.

Hadès, dieu grec des Enfers.

Hathor, déesse égyptienne de la joie, de la musique, de la danse.

Hestia, déesse grecque, protectrice du foyer.

Horus, dieu égyptien de la Haute Égypte, considéré comme le fils de Râ. L'ancêtre des pharaons.

Isis, déesse égyptienne, bienfaitrice des hommes.

Khêpri, dieu égyptien à tête de scarabée. Il symbolise le soleil levant.

Khnoum, dieu égyptien à tête de bélier responsable des crues.

Mâat, déesse égyptienne de la justice et de l'ordre divin.

MERETSEGER, la déesse égyptienne, Cobra.
MIN, dieu égyptien protecteur des pistes du désert.
MONTOU, dieu guerrier à tête de faucon.
NEITH, déesse égyptienne, protectrice contre les flèches (les Grecs l'assimileront à Athéna), gardienne de la Couronne rouge de Basse-Égypte.
NEKHBET, déesse égyptienne, Vautour, protectrice de la Haute-Égypte.
NEPHTHYS, déesse égyptienne, épouse de Seth. Aide les morts à passer dans l'au-delà.
OSIRIS, dieu égyptien. Dieu de la Végétation, symbole de la succession des saisons et dieu du Bien.
RÂ, ou Rê, ou Amon-Rê, le dieu Créateur.
SELKIS, déesse égyptienne protectrice des morts.
SETH, dieu égyptien du Mal, du Désert et de l'Orage.

DOSSIER

L'Égypte au VIe siècle avant J.-C.

Les Pharaons de la XXVIe dynastie

PSAMMÉTIQUE Ier (664-610) recruta des pirates grecs et cariens dont il fit ses mercenaires : les Hommes de Bronze. Il créa un corps d'interprètes pour nouer avec l'Hellade des liens fructueux et durables. Il eut à lutter contre Assourbanipal qui pilla Thèbes en 663 avant J.-C. Avec l'appui des Hommes de Bronze, il élimina dans le Delta les féodaux que les Assyriens avaient favorisés pour affaiblir les risques de rébellions. Il se heurta ensuite aux incursions libyennes, scythes, et aux Kouchites qu'il refoula au-delà d'Assouan (656 av. J.-C.) Il en profita pour annexer la Thébaïde (région du sud de Thèbes) où sa fille Nikrotis devint adoratrice d'Amon. C'est sous son règne que fut fondée Naucratis, en 614 av. J.-C.

NECHAO II (610-595) envoya des contingents sur l'Euphrate pour empêcher les Babyloniens d'écraser l'Assyrie et de s'étendre en Syrie. Ce fut un échec. Il vainquit à Mégiddo le roi Josias de Juda et domina pendant trois ans la Palestine, la Phénicie et la Syrie, mais son armée fut battue à Karkémish par Nabuchodonosor II qui agrandit son empire jusqu'à la frontière égyptienne. Nechao entreprit l'aménagement — inachevé — d'un canal reliant le Nil à la mer Rouge. Il aurait envoyé en mer Rouge une flotte phénicienne qui, par un lent cabotage, aurait réalisé le tour complet de l'Afrique.

Psammétique II (595-589) lutta surtout contre les Kouchites, qu'il repoussa au-delà de la quatrième cataracte. Son succès tint essentiellement à l'action de ses officiers Amasis et Potasimto.

Apriès (589-568) intervint en Phénicie où il assiégea Tyr. En dépit de son appui, Jérusalem, révoltée contre Babylone, fut reprise par Nabuchodonosor, et le peuple juif déporté. C'est sous son règne que naquit un mouvement nationaliste contre les Hommes de Bronze jalousés par l'armée indigène, et contre les marchands grecs de Naucratis. Il apporta son aide aux tribus libyennes pour lutter contre les Grecs de Cyrène, mais l'expédition tourna à la catastrophe. L'armée décida alors de placer Amasis sur le trône. D'abord bien traité par son successeur, Apriès fut livré au peuple, qui l'assassina.

Amasis (568-526) fut résolument philhellène. Il s'allia avec Cyrène, Delphes et avec le tyran de Samos, Polycrate. Au début de son règne, l'Égypte échappa de justesse à une invasion babylonienne. Sous le prétexte de limiter le commerce grec dans le Delta, il concentra les marchands dans la ville de Naucratis, leur donnant une ville à eux avec un port bien équipé, ainsi qu'une autonomie administrative. Sa seule expédition fut la conquête de Chypre. Pharaon prudent, Amasis n'intervint pas en Asie quand le roi de Perse, Cyrus, entreprit la conquête de l'Anatolie et du domaine babylonien (en 539 av. J.-C.). Amasis aurait inventé la déclaration obligatoire des revenus. Il fut aussi à l'origine de grandes constructions : le lac sacré de Saïs, les naos (chapelles sacrées des temples) de Saïs et de Mendès. Il aurait été un grand buveur et un farceur pas très délicat (il est parfois comparé à Henri IV). C'est pourtant sous son règne que l'Égypte fut plus florissante que jamais.

PSAMMÉTIQUE III (526-525), fils d'Amasis, monta sur le trône lorsque les Perses s'attaquèrent à l'Égypte. Il ne régna que six mois. Trahi par un général grec de son père, son armée fut écrasée par le roi perse Cambyse (fils de Cyrus), qui le détrôna puis le contraignit au suicide. L'Égypte tomba alors sous la domination perse.

Naucratis

La colonie fut fondée en 614 avant J.-C. par Milet, sur la rive gauche d'un canal. Par la suite, Amasis y créa des comptoirs séparés pour une douzaine de cités commerçantes. Les trois plus importantes étaient Milet, Samos et Égine. Les neuf autres : Chios, Théos, Phocée, Clazomènes, Rhodes, Cnide, Halicarnasse, Phaselis et Mytilène. Les marchands y possédaient leur port (emporion), leurs commissaires commerciaux (prostatai) et leurs temples. Milet y éleva un sanctuaire pour Apollon, Samos un temple à Héra, Egine un temple dédié à Zeus. Les neuf autres cités édifièrent l'Hellênion. Une ville égyptienne prospérait à côté de la ville grecque. Cette dernière, formée de rues se coupant à angle droit, comprenait un agora, un temple d'Aphrodite (en plus des autres) et une fabrique de faïence. C'est au début du IVe siècle avant J.-C. que le Pharaon Nectanébo attribua au temple de Neith, à Saïs, les bénéfices douaniers du commerce grec de Naucratis (la dîme des importations et des productions).

Sources bibliographiques :

Dictionnaire des pharaons, éditions Noêsis, 1998.

Dictionnaire de l'Égypte ancienne, Encyclopédia Universalis, éditions Albin Michel, 1998.

Table des matières

Alain Surget

L'auteur est né à Metz en 1948. Il commence à écrire dès l'âge de seize ans du théâtre et de la poésie. Instituteur, il continue des études à l'université, et devient professeur en 1977. Il se tourne alors vers le roman. Marié, père de trois enfants, il aime se déplacer dans toute la France à la rencontre de son public.

Si l'Égypte vous fascine, retrouvez d'autres héros par le même auteur dans la collection Castor Poche Flammarion.

Dans la collection Premiers romans, la série **Les enfants du Nil** :
Il faut sauver Cléopâtre !
César, c'est qui ?
Prisonniers de la pyramide
C'est quoi ce cirque ?

Retrouvez aussi les aventures de **Tirya** déjà parues en Grands Formats :

Le Pharaon de l'ombre
Le Trône d'Isis
La Fille d'Anubis
Le Loup des sept collines
La Vengeance de la déesse
Le Triomphe des lionnes

Retrouvez Tirya
dans une nouvelle aventure :

Le Pharaon de l'ombre

Tirya et son père Amasis remontaient les couloirs du palais. À chaque fois qu'ils passaient devant un garde, l'homme redressait sa position et se tenait raide, la lance bien droite. Après quoi le factionnaire se relâchait et s'appuyait nonchalamment sur son arme.

— Tu as besoin de tant de gardes dans le palais ? s'étonna Tirya.

— Depuis que l'armée m'a choisi pour être Pharaon à la place d'Apriès[1], un coup de poignard dans le dos est toujours possible. Bien que prisonnier à Memphis, l'ancien monarque compte encore beaucoup de partisans, même dans ce palais.

— Tu as confiance dans ces anciens gardes d'Apriès ?

— Ménélas les contrôle. Il a doublé leur effectif en y incorporant des Hommes de Bronze, ce qui fait qu'il y a autant de mercenaires grecs que de sentinelles égyptiennes.

— Ce palais m'a l'air d'un véritable nid de serpents, frémit Tirya. Renvoie donc les hommes qui ne te donnent pas satisfaction !

1. Voir Le complot du Nil.

— Je ne peux rien décider avant mon couronnement. Pour lors, je suis toujours le général des Hommes de Bronze, bien que certains princes m'appellent déjà l'usurpateur.

— Laisse-les s'user en vaines paroles. Ils comprendront bien vite que tu es d'une autre trempe qu'Apriès, et ils t'assureront alors de leur fidélité.

— Puisses-tu dire vrai !

— À nous deux, nous rendrons à l'Égypte sa grandeur passée, assura Tirya.

— À nous deux ? s'étonna Amasis. Tu as été formidable en déjouant le complot de Saïs, mais c'est sur mes épaules que repose désormais le destin de l'Égypte.

Tirya pila net.

— Quoi ? Tu veux me confiner dans une vie de princesse insouciante ?

— Il y a de beaux jardins au palais, dit Amasis en répondant au salut d'un groupe de scribes, tu pourras t'y détendre à l'aise.

La jeune fille courut derrière son père et lança avec force gestes :

— Les oies y mènent grand tapage, les singes ont l'habitude de jeter des figues pourries sur les promeneurs, les serpents se chauffent sur la margelle des puits.

— Les bassins sont agréables, il fait bon s'y baigner.

— Je ne suis pas Ninétis ni Tahoser — les deux filles d'Apriès — ni l'une de leurs grenouilles de compagnie. Je ne vais pas user mes journées à nageoter parmi les nénuphars, à papoter de tout et de rien avec les filles des dignitaires, à me faire pincer les fesses par une masseuse maladroite.

— Apprends à danser, à jouer de la flûte.

— Je sais danser, riposta Tirya.

— Je veux parler des danses sacrées, précisa Amasis en se dirigeant vers l'aile droite du palais.

Tirya contourna un pilier, se planta devant son père.

— Parce que tu as l'intention de m'enfermer dans un temple ? De faire de moi une adoratrice d'Amon, d'Osiris ou de Neith ?

— Non, la rassura Amasis, j'ai pour toi d'autres visées.

La jeune fille se mit à virevolter, légère comme un vent de printemps.

— Je serai ta confidente, ta conseillère, ton ministre.

Amasis sourit.

— Tu aspires peut-être à t'asseoir sur le trône à ma place ?

Tirya le prit sur le ton de la plaisanterie.

— Pourquoi pas ? répondit-elle. Il y a déjà eu des femmes Pharaon. Le monde ne s'en est pas porté plus mal.

L'homme embrassa Tirya sur le front.

— Reste telle que tu es, ma fille. Il serait dommage que les soucis gâtent l'éclat de tes yeux.

— Mais je veux t'aider, insista-t-elle.

— Montre-toi aimable avec le fils du roi de Cyrène lorsqu'il sera présent, et j'estimerai que tu m'aides beaucoup.

— Hermès prétend qu'il ressemble à un babouin.

Amasis partit d'un grand rire.

— Hermès est jaloux ; je suis certain qu'il ne l'a jamais vu. Tiens, voilà ton ami justement. Il sera passé par les jardins.

Cet
ouvrage
le neuf cent
quatre-vingt seizième
de la collection
CASTOR POCHE,
a été achevé d'imprimer
sur les presses de l'imprimerie
Maury Eurolivres
Manchecourt – France
en décembre 2006

Dépôt légal : février 2005
N° d'édition : 3011. Imprimé en France.
ISBN : L01EJENFP3011A003
ISSN : 0763-4497
Loi n° 49-956 du 16 juillet 1949
sur les publications destinées à la jeunesse.

Photocomposition CMB Graphic
44800 Saint-Herblain